U0091408

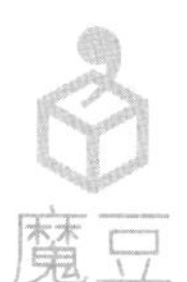
魔豆

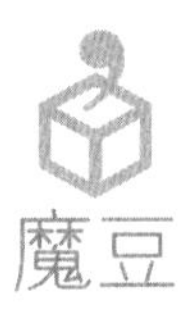
魔豆

我，
Elf, foods
and save the world!
精靈王，
缺錢！
02
醉琉璃——著

02

目錄

楔子

這是夢。

他清楚地知道自己正在作夢。

無數畫面以快速但尚能讓人看清的速度閃過，一個又一個場景連在一塊，像在播放一場無聲的電影。

這場奇異的夢境沒有丁點聲音。

他彷彿用著旁觀者角度在觀看默劇，出現的都是讓他倍感親切的現代事物。

車水馬龍的街道，密集的高聳大樓宛如一座拔地而起的水泥叢林；行人手持智慧型手機，在街頭匆匆往來，像是忙碌不停歇的工蟻。

洋溢青春氣息的年輕人坐在街角的露天咖啡廳，身上穿的是黑白學士服，學士帽被擱在一邊空椅上，看得出來這是一群即將畢業的大學生。

奇妙的是，他明明能清晰地看見他們的服裝打扮、四周環境，甚至就連他們吃喝什麼也能瞧得一清二楚……卻無法看清他們的長相。

那些人的面孔全都像籠著一團白霧。

下一秒，場景飛快轉換。

咖啡廳消失了，取而代之的是一片偌大草地，寬廣程度宛如一片大草原。無數的黑白人影聚集在草地上，他們齊齊將學士帽往上一拋，眾多帽子飛上了天空，成爲無數的黑色氣球。

氣球飛呀飛的……最後飄落下來，猛地破裂。

換作平時，他肯定會被氣球破掉的聲音嚇一跳，但現在卻是身處在一場沒有聲音的夢境之中。

黑色氣球一破，橡皮碎片四散，緊接著，詭異的黑影從地面升起，它們擁有肖似人形的輪廓。

他吃驚地發現自己的身體在動。

不再像先前以第三人的視角探看這一切，如今他竟成爲默劇中的角色。

他無從知曉自己現在的模樣。

從他的角度，他看見那些歪曲又似人的黑影正往自己快速逼來，同時他也可以感受到自己朝前衝刺，手裡緊握著冰涼的刀刃。

他不能掌控自己的行動，面對近在眼前的黑影，他揮出了武器，沒有一絲猶豫地選擇了最可能是致命處的胸口位置。

毫無預警，劇烈的聲響粗暴地撕碎這方寂靜。

震耳欲聾的喇叭聲伴隨著刺眼強光往自己衝了過來。

他瞳孔收縮，僅僅一個眨眼，巨大陰影已逼至眼前，他只來得及大叫一聲——

「羊排！」

翡翠猛然睜開眼，反射性地從床上彈坐起來，過大的動作讓棉被滑下，連帶原本抱在懷中的東西也被掀落下去。

假如不是一隻修長的手臂及時從旁伸出，牢牢接住往床下滾的橢圓物體，只怕那三顆金蛋就要砸墜在地，在半夜裡發出擾人清夢的聲響。

翡翠沒注意到床邊的動靜，他茫然地眨眨眼，喘了幾口氣，碧綠的髮絲被汗水浸濕，一綹一綹地黏貼在他的額際和臉頰上。

從他尚未清明過來的眼神判斷，他似乎還沒從夢裡完全掙脫出來。

一會後，他慢慢地轉動目光，看向自己的右側方——映入眼中的是半開的窗戶，和窗下簡樸的小方桌及木頭椅子。

桌上擺著一盞小燈，提供基本照明。

窗外夜色深沉，隱約能瞧見燈火在黑夜之海中閃爍。

我是誰？我在哪？我要去做什麼？

人生三大哲學問題在翡翠腦海中晃過一圈，眼前的迷霧才霍然散去。他晃晃頭，終於想起剛才為什麼會突然驚醒。

「我的羊排呢？」他連忙著急地四下尋找，目光一轉向左側，頓時凝住了一點不放，「……你在幹嘛？」

被詢問的對象是名銀髮紅眼的男人。

即使是大半夜，他還是一身筆挺的執事服，衣上連點縐摺都看不見，像經過一再仔細地熨燙。就連髮型也是一絲不苟，整齊地服貼至腦後，僅有一綹叛逆地從前額垂下。

但讓翡翠在意的自然不是對方完美的裝扮，或是那張俊美非凡的臉，他看的是斯利斐爾手中的……

三顆正在疊疊樂的金蛋。

說是疊疊樂一點也沒錯。

也不知道斯利斐爾是如何辦到的，總之三顆外殼應該是滑不溜丟的金蛋，正以絕妙的角度堆疊起來，如同一座小塔。

「拯救您的粗心大意。」斯利斐爾冷漠地直起身，將三顆金蛋放回床鋪，「在下不想半夜還要被樓下房客投訴，吵雜的敲門聲會令在下感到不愉快。那麼，您又是在幹什麼？不但把您的子民摔下床，還製造噪音。身為王，在下相信您該懂得合適的禮儀。」

「太囉嗦了，直接濃縮成五個字以內。」翡翠不想多費腦力去分析一大串話。

「您吵死了。」斯利斐爾從善如流。

「知道了、知道了。」翡翠揉按著額角，朝斯利斐爾揮揮手。揮到一半，他驀地抬起頭，差點忘記最重要的重點，「我的羊排呢？」

「什麼？」

「我、的、羊、排。」翡翠字正腔圓地重述一遍。

「什麼？」斯利斐爾依舊給出同樣的回應，只不過相較第一次表露出的疑惑，這一次的語氣聽起來就和「白痴」差不多。

「我作了一個夢，夢到一塊超巨大羊排朝我橫掃過來，然後我就這樣被……」翡翠比出一個揮棒的手勢，「打飛出去了。」

「但您現在的表情看起來……很愉快。」斯利斐爾不是很理解。一般來說，被打飛出去聽起來可不像是什麼好夢，而人類對於惡夢的感受通常都是不高興。

「你不懂，被烤羊排的香氣包圍是多麼幸福的事情。那香氣香而不膩……」翡翠雙手抱住自己，目露陶醉，「這讓我想起迷迭香羊排、薄荷醬羊排，還有孜然烤羊排。想想看……」

「您不用想了，反正沒有。」斯利斐爾殘忍無情地截斷翡翠的美食感想發表。

「那我明天想吃烤全羊。」翡翠將烤羊排直接升等。

「與其如此浪費金錢，不如將錢省下。您可以吃晶幣，那能帶給您更多實質意義上的幫助。」

「但烤全羊可以帶給我飽足感。」

「假的。」

「還可以帶給我滿足感。」

「假的。」

「它能爲我帶來幸福。」

「法法依特大陸一旦毀滅，您的幸福也不復存在。」

「哇，潑冷水你肯定是第一名的！斯利斐爾混蛋王八蛋！」翡翠抓過一個枕頭，不客氣地朝斯利斐爾的臉上扔過去。

斯利斐爾輕而易舉地接下那顆飛來的枕頭，「請您別浪費睡眠的時間，就算在這住宿比其他地方便宜，但也請讓這間房間發揮它應有的功能。」

「我有啊，只是忽然醒過來而已。」翡翠把自己重新丟回床鋪上，感受著床墊在他身下震動。

「別忘記您的蛋。」斯利斐爾幫忙將金蛋塞入他的懷裡。

翡翠抱著金蛋，眼睛睜得大大的。突然中斷睡眠讓他一時半會間還凝聚不出睡意，只好轉動眼珠，沒事找事做地四處亂看。

憑藉著燈光的照明和自身種族優勢，翡翠還是能將房內的景象看得清清楚楚。

這裡是夏朵旅館二〇一號房，雖說內部裝潢有點簡陋，但打掃得相當乾淨，洗得潔白的枕套和棉被還能嗅到陽光清爽的味道。

同時，它也是翡翠和斯利斐爾在塔爾市的長期租住處。

夏朵旅館與塔爾分部有著合作關係，只要是隸屬塔爾分部的冒險獵人，在住宿費上便能有折扣，比去其他旅店划算。

這對無時無刻都感到自己缺錢的翡翠而言，宛如一個美好的福音。

而提及翡翠為何總在缺錢這件事，就必須從他死後重生開始說起。

自從他在原世界遭遇車禍死亡，再重生至法法依特大陸後，至今已經過了九天。

他成為一名精靈王，被迫的。

還穿了三天女裝，被迫的。

還穿了一次女性蕾絲內褲……噢，同樣被迫的。

但這些都打倒不了翡翠堅強的心靈——好吧，蕾絲內褲多少還是可以——真正令他覺得精靈生陷入絕望的是……

他只有吃錢，才能徹底覺得飽。

重點是那錢，還、很、難、吃。

翡翠覺得要是他的內心話可以具現出來，他一定要把「很難吃」三個字加粗加黑，再放大個十幾倍，才能如實傳達出他的怨念。

總之，他成為一個得靠吃晶幣才能活下去的精靈王。

精靈會滅族，約莫也是沒錢餓死了吧。

想想眞是一個悲傷的故事。

胡思亂想了一番，睡意仍然遲遲不肯上門。翡翠突地靈光一閃，迅速坐了起來，紫水晶般的眸子期盼地瞅著斯利斐爾，「斯利斐爾，我記得你之前說過，你可以改變自己的形態。那你能不能變成烤羊排的模樣，讓我抱一晚睡覺就好。」

「請恕在下鄭重地拒絕。」斯利斐爾冷冰冰地說。

翡翠舉起三根手指，「我發誓，眞的只是抱，絕對不會咬你的。」

「這話聽起來就和您說永遠不會覬覦在下的原形一樣。」斯利斐爾冷笑。

他們彼此心知肚明，要翡翠不再對厚鬆餅形態的他抱持肖想，那是絕絕對對——不可能的。

「閉眼睡覺。」

「不。」

「現在睡，或是在下幫您入睡。您可以選擇粗暴的方法，或是很粗暴的方法。」

比起吐槽「就沒有不粗暴的選項嗎」，翡翠決定以武力來逼迫斯利斐爾就範。他將金蛋放一邊，掀開被子跳了起來，摩拳擦掌，眼底是志在必得的利光。

眼看綠髮青年就要如餓虎撲羊一般，快狠準地撲向自己。

銀髮男人也做好反擊的準備，隨時都能把敵方放倒。

說時遲、那時快，沒有一絲起伏和波動的聲音驟然在兩人腦海中浮出，釘住了他們的動作。

那是——世界意志的聲音。

「任務發布，請在半個月內找到會跑會跳，還會跟人玩『來啊來追我』的蘿蔔。」

第1章

塔爾是座熱鬧且繁華的大城市，每天往來商隊絡繹不絕，有時候光要入城都得大排長龍。而不僅是商業，就連觀光產業也相當發達。

其中最知名的觀光景點，莫過於是又被稱爲「南之黑塔」的塔爾分部了。

包括塔爾分部在內，法法依特南大陸的冒險公會總共有五個據點，每一個分部都以所在地來命名。

爲了應付大量前來尋求幫助的委託人，以及想要洽詢工作或申請升級考試的冒險獵人，所有分部一禮拜僅會在月柒日休息，其他六天都是工作日。

而無論是什麼時候，總能看見好奇的遊客跑來塔爾分部朝聖，對著壯麗雄偉的黑塔發出驚歎。

除了觀光客外，最常前來塔爾分部的便是隸屬他們旗下的冒險獵人。

不同職業打扮的男男女女陸續推開純黑色的雙開式大門，他們的表情都有些戰戰兢兢或是抗拒，宛如他們踏入的地方是龍潭虎穴，充滿著未知的危險。

塔爾市民對這番景象早習以爲常。

今天雖然是星陸日，但誰知道門一推開後，上前負責接待的會不會又是蒼白陰森的骷髏。

因爲，塔爾分部其中一名負責人是亡靈法師，最心愛的寵物們就是她召喚出來的骷髏。

大部分時間，這些骷髏在錫伍日才露面——所以也導致錫伍日榮登冒險獵人最不想踏進塔爾分部的日子。

至於其他時間，就得看灰罌粟的心情了。

根據灰罌粟的說法，出其不意的驚嚇是對冒險獵人合理的訓練。一來可以鍛鍊心臟強度，二來嚇著嚇著嚇著肯定就習慣了，以後面對死靈系的魔物都能坦然面對。

聽起來是很有道理，但更直接的後果是造成了諸多冒險獵人們的心理陰影。

當然，遊客們並不知道冒險獵人內心的悲苦，也不知道漆黑的石壁後很可能有令人膽顫畏怯的骷髏活動著。他們只是一邊興奮地繞著黑塔觀看，一邊盼望自己有機會能一睹塔爾分部負責人。

在他們眼中，冒險公會的負責人也是名人，只要見到面，他們就能去跟親朋好友炫耀了。

翡翠和斯利斐爾來到塔爾分部外的時候，正好瞧見一群人圍在黑色階梯前，對著他們正前方的一個人比出勝利手勢，那人的手中則高舉著一顆紅艷的結晶體。

「那是……」翡翠微瞇著眼打量，覺得那紅色的物體似曾相識。

「映畫石。」斯利斐爾給出解答。

翡翠恍然大悟地一擊掌。

他想起來了，之前前往克爾克城的路上他也曾經使用過。以現代人角度來看，映畫石的功用大概就是隨身碟加全息投影的概念。

「那他們是在？」翡翠又問道。

「記錄圖像。」斯利斐爾說。

翡翠明白了，就是拍照嘛。

而一票人在一座建築物前比著ＹＡ拍照，有百分之兩百的可能性是一種叫作「觀光客」的生物。

「我們晚點再過去吧。」翡翠摸著自己的臉，「不然我覺得我會被拉過去，一起加入他們記錄圖像的行列，畢竟這張臉太好看了。」

斯利斐爾深感同意，「您是上天的恩寵。除了腦子之外，您的臉和身體確實是最完美無缺的。」

「聽得出來你嫌棄感很重，不過我一向不跟連腦子都沒的人計較。」翡翠對自己的寬宏大量感到佩服，「不曉得公會裡面人多不多？今天可是星陸日啊……」

換成在他們的世界，放假前一天去辦事情可是最容易塞車的。不管是銀行、郵局或醫院、公家機關，基本上都是大排長龍，人多到讓人懷疑自己今天究竟能不能把事情處理完。

「不管多不多，我都覺得不用擔心呢。」充滿清澈感的少年嗓音突如其來地加入他們的對話。

翡翠和斯利斐爾反射性回過頭，映入眼中的是一張甜美笑臉。

「白薔薇？你是什麼時候……」翡翠話問到一半，習慣性地搜尋起另一抹和白薔薇如出一轍的身影，「黑薔薇呢？」

這對雙胞胎不是一向焦不離孟、孟不離焦，差不多是連體嬰的狀態嗎？

「在這。」微弱到幾乎讓人忽視的聲音飄出。

循著聲音望過去，翡翠這才發現黑薔薇赫然站在他們的另一邊。

黑髮白衣的少年垂著眼，拘謹安靜的模樣像巴不得能隨時躲進陰影當中，這樣就不用接觸他人投過來的目光。

黑薔薇吐出這兩個字後就緊閉嘴唇，移步到白薔薇身邊。後者一如往常地伸出手，把人拉到自己後方，有如一座巍峨不動的小山，替他遮擋來自外界的一切。

「你們倆，這時候在這裡……」翡翠指指宛如鏡像存在的這對少年，又回頭指指塔爾分部。

不是工作日嗎？爲什麼這兩個人沒有好好待在塔爾分部裡面？

換句話說，分部內現在只有灰罌粟一人在應付全部的冒險獵人。

翡翠嘆口長長的氣，那裡面肯定是忙到大塞車了吧。

「我們是去幫灰罌粟買點東西。」白薔薇像要證明自己所言不假，舉高了手上的袋子，「公會裡的紅砂糖和黑砂糖沒有了。」

黑薔薇拊在白薔薇耳邊竊竊私語。

「還有順便發傳單。」白薔薇笑吟吟地補充了這趟外出之行，「推銷一下我們分部的紀念品。」

「我是很想買……」翡翠手上還有不少當初從兩位負責人手上拿到的折價券，「只可惜……」

「相信在下已經跟您明白、明確地明示過。」斯利斐爾垂著眼俯視翡翠，眼裡的溫度低到令人懷疑是不是嚴冬降臨，「有它們就沒有在下，您敢帶回來……」

「不敢、不敢，行了吧？」翡翠投降。他和斯利斐爾早就是買一送一還不能拆賣的組合，就算他眞的很想買骨頭小盆栽，也敵不過斯利斐爾每日的冷酷嘮叨。

斯利斐爾很滿意，精靈王怎麼能喝那種東西燉出來的湯呢？

「也許哪一天灰罌粟會願意送你吧。」白薔薇安慰地說，「等到她對她的寵物失去愛意的那一天，應該就會了。」

翡翠覺得就算世界毀滅他也等不到了。

「你剛剛爲什麼說，不管人多不多都不用擔心？」他沒忘記白薔薇最開始說的那句話，「灰罌粟一個人負責處理工作，她工作效率超級高嗎？」

黑薔薇和白薔薇有志一同地搖搖頭。

「灰罌粟最喜歡的三個字是，慢慢來。」白薔薇笑的時候露出淺淺的酒窩，「最喜歡的一句話是，反正還有明天。」

翡翠和斯利斐爾一聽就明白了，那位灰髮亡靈法師根本就是拖延症患者，還是重症的那種。

黑薔薇忽地轉頭注視塔爾分部，他的嘴唇微動。

白薔薇幫他說出來，「五、四、三、二、一。」

隨著倒數結束，原本緊閉的黝黑大門刹那間由內被撞開。一票黑壓壓的人影從裡頭衝了出來，速度之快，簡直像火燒到屁股，又活像是身後有什麼恐怖的洪水猛獸對他們窮追不已似的。

那些冒險獵人逃竄得太快，還在門旁的遊客們只覺得眼前好像有一片黑影飄過，耳邊彷彿颳起一陣風，甚至來不及意識到那動靜其實是有人從塔爾分部裡逃了出來。

這過程很短，大約不到幾秒就結束。

翡翠得慶幸自己眼力極佳，才能把全部過程看得一清二楚。他吃驚地扭頭看向黑薔薇與白薔薇，「裡面發生什麼事了？他們怎麼……你們為什麼會知道？」

「因為灰罌粟的忍耐到極限了。」白薔薇牽著黑薔薇的手，兩人並肩往塔爾分部大門走去。

「就這樣一句話？」翡翠立刻跟了上去，「沒有別的？」

白薔薇側著臉微笑，含笑的銀色眼眸裡只有一個意思——我就是只打算跟你說這麼多，怎樣？

黑薔薇拉拉白薔薇的手，對著他耳語。

「看在黑薔薇的份上，我就再多說一點。換作是平常，我不太喜歡把時間浪費在他以外的無關緊要人士上面。」白薔薇柔聲地對翡翠說。

翡翠決定不吐槽，他剛已經浪費超多時間了。

「灰罌粟從昨天就不舒服，第二天一向是她最痛的時候，偏偏公會裡又剛好沒了紅砂糖和黑砂糖可以泡來喝。」白薔薇的手指貼上門板，他的皮膚白得像玉石，在黑色的映襯下彷彿白得發光，猶如一件精緻的藝術品。

翡翠卻看也沒看，除非那手能吃。他若有所思地摸著下巴，思考白薔薇話裡透出的訊息……

好像，有點似曾相識。

不舒服、第幾天、必須泡糖水來喝……

這聽起來不就是那個……女孩子每個月都會來一次的毛病嗎？

「對了，黑薔薇說你插著花很適合。」白薔薇推開大門前冷不防又說了這麼一句，隨後他手上一用力，慢慢敞開的大門迎接新一批人走進。

「花？什麼花？」翡翠一頭霧水，不明白白薔薇在說什麼。

「您的頭上有朵花，黑薔薇插上去的，在下以爲您知道。」斯利斐爾給了提醒。

翡翠連忙往頭上一摸，還眞的摸下一朵花。

花是用廣告傳單做的，紙上寫著大大的「骨頭小盆栽優惠特價中，値得你擁有」。

正如白薔薇所說，灰罌粟的忍耐到了極限。再翻譯得白話一點，就是她心情非常、非常、非常不好。

灰髮女子坐在她的辦公區域裡，背靠著高高的椅背，素來角度完美的灰禮帽被她扯下，覆蓋在臉上，讓人看不清表情。

但翡翠直覺感受到，椅上的人影正散發著濃濃「我很火大、別來煩我」的氣息。

雖然他不是女性，但也聽聞過「生理期」這三個字的威名。

女性的生理期是個很神祕的存在。

即使放在翡翠的原世界，都是一個讓人難以參透的世紀謎題。

它可以讓強壯的女孩子虛弱萬分，也可以讓柔弱的女孩子暴躁得連桌子都能掀翻。

要是這時候還有不長眼的傢伙敢來找麻煩……

那麼，生理期的神祕力量將會讓女孩們的腎上腺素爆發，將人痛揍得滿地找牙。

翡翠不由得深深感慨，這才是一種魔法吧。

聽到動靜的灰罌粟沒有動作，依舊一動也不動地躺在椅子裡，直到黑薔薇和白薔薇端了泡得溫熱的砂糖水和鮮紅如寶石的小點心過來。

灰罌粟摘下臉上的帽子，本就蒼白妖嬈的面容白得連一絲血色也沒有，乍看下像尊美麗的大理石雕像，讓人忍不住懷疑起她體內血管中的血液是不是還在流動。

「這是什麼？好吃嗎？可以吃嗎？」翡翠的視線緊緊鎖在鮮紅色的小點心上面。

「紅巧克力，好吃，不行。」灰罌粟終於開口，聲音比平常更低緩含糊。她端起深褐色澤的熱糖水，慢吞吞地啜了好幾口，「那是給女性專門補血用的，你現在有失血嗎？還是要來一刀現場表演失血？」

「不，還是算了。」翡翠忍痛放棄。流出來的血不能拿去凝成米血糕來吃，感覺很浪費……

不，等等，或許真的可以？要是這地方也有糯米的話，把血加糯米放一起，再拿去加熱蒸煮……

而且精靈的血，味道說不定特別不一樣？例如吃起來異常地軟糯綿密，但又保留著一絲彈牙的嚼勁，糯米的清香和血液融合在一起，或許還會擦撞出絕妙的化學變化，形成更勾人的香氣之類的。

要不是翡翠的常識告訴他，流失500c.c.的血量就很可能讓人貧血，而做個米血糕估計不只這個數字，他差點就真的想喪心病狂地去嘗試。

一個描繪著金銀花葉的盤子忽然放在翡翠面前，連帶地也打消了他腦內躍躍欲試的念頭。他馬上把注意力集中在盤子上，裡頭盛裝著一塊造型如同小山的翠碧糕點。頂端的雪白像山尖不融的白雪，碧色的山體能聞到淡淡的茶葉香氣；小山底部圍繞著一圈粉色的糖花，花瓣形狀令人想到櫻花。

黑薔薇在每個人面前都放下一份甜點——除了白薔薇，他只分到一杯水。

翡翠勉強分出一絲心神，「白薔薇不吃嗎？」

「我不吃。」白薔薇微笑地說，對黑薔薇的舉動沒有絲毫不滿。相反地，他的眉眼唇角都透露出愉悅，「它不適合我的身體。也只有黑薔薇能這麼了解我，他對我的一切都瞭若指掌。」

「其實我是想問……」翡翠對他們的兄弟情深一點興趣也沒有，「若白薔薇不吃，他的那一份有留著嗎？能不能乾脆就給我？」

白薔薇還是甜美地笑著，但心裡閃過了如何將這名厚臉皮的妖精掃地出門的一百種方法。

「翡翠，你們來這有什麼事？」灰罌粟喝了熱糖水和吃了紅巧克力後，稍微有點精神，不再像先前一動也不動地癱在椅子上。

「吃蛋糕……噢，不是。」翡翠總算沒忘記來塔爾分部的正事，他一邊將斯利斐爾的點心光明正大徵收到自己盤子裡，一邊向負責人尋求解惑，「你們有聽過會跑會跳的蘿蔔嗎？」

「魔物？」灰罌粟挑高眉毛。

「不，是植物……應該是植物吧？」翡翠不確定地望向斯利斐爾。

「是植物。」斯利斐爾肯定地說。

如果是魔物，那麼世界任務在發布時，就會說外表疑似蘿蔔的魔物了，而不是直接點名是蘿蔔。

黑薔薇率先搖搖頭。

「黑薔薇不知道，我也不會知道。」白薔薇說。

「我想想……」灰罌粟的指尖抵著額角，「植物、植物……也許去找一下《稀奇古怪植物手冊》……等等，還是換《超級稀奇古怪植物手冊》吧，能自主行動植物的圖鑑都收在裡面。白薔薇，就麻煩你去樓上看看了。」

「好的，我很樂意。」白薔薇起身離開。

「你怎麼突然對這種蘿蔔感興趣了？」灰嚳粟捧起瓷杯，喝了口甜膩的糖水。

翡翠給出一個鏗鏘有力的回覆，「好奇，想吃！」

在場沒人懷疑這個答案的可信度，包括斯利斐爾在內。

白薔薇沒有花太多時間，一會過後，他便抱著一本厚厚的硬皮燙金書籍走了下來。

灰嚳粟翻開書頁，從目錄索引開始找起。她的記憶果然沒有出錯，這本《超級稀奇古怪植物手冊》裡記載著各式各樣能夠走跑跳的植物。

其中一個，就是翡翠打聽的神奇蘿蔔。

「找到了，這裡有寫到。」灰嚳粟翻到對應的頁數，蒼白的手指撫過書上的圖文，「你們想找的會跑會跳的蘿蔔，應該就是這一種。主要生長在北大陸，全名是『蘿蔔．蘿蔔．蘿蔔』。」

顧不上吐槽對方的全名只是把蘿蔔兩字重複唸三次，翡翠更在意的是它的生長地。北大陸。

法法依特大陸分為南北大陸，中間橫亙著寂靜之海，沒有任何生物可以跨越。想抵達另一塊大陸，必須從外圍海域繞過去才行。

如此一來，十天半個月肯定跑不了。

甚至需要更久的時間。

偏偏翡翠目前最缺的就是時間……噢，還有大量的晶幣。

先不論晶幣問題，從時間上來看，自從奪得水之魔女露娜莉的結晶後，世界的存續天數被小幅度地增加了。

目前距離世界毀滅還有二十四天。

雖然不能說有多長，可比起最開始的短短三天，這已經是相當不錯的緩衝了。

翡翠扳著指頭默算了下，扣掉搭船出海和在北大陸上尋找的時間，恐怕在他找到那根不可思議的蘿蔔之前，世界就先迎來末日。

斯利斐爾顯然也考慮到這個問題，他眉頭微皺，如刃的目光直視灰罌粟，「主要生長在北大陸，那麼南大陸這裡呢？」

翡翠目不轉睛地盯著灰罌粟，直到他看見對方點頭，一顆提起的心頓時放下。他拍拍胸口，慶幸起碼在世界毀滅前還是有機會吃到神奇蘿蔔的。

灰罌粟自然不知道一根蘿蔔還會牽扯到世界終結，她唸到覺得懶了，乾脆把書往桌面一推。

翡翠本想起身接過，但有一隻手比他快了一步。

黑薔薇捧著《超級稀奇古怪植物手冊》，墨色的眼瞳專注地望向書頁內容，嘴唇微張。

就在翡翠以為這位幾乎不說話的負責人罕見地願意多開金口，就見黑薔薇側過頭，一如往常地在白薔薇耳邊說悄悄話。

……好的，所以一樣是由白薔薇負責說話。

「黑薔薇說，全名是蘿蔔．蘿蔔．蘿蔔的蘿蔔，有著類似四肢的部位，所以能夠離土跑跳，還能摸人屁股，偶爾還會發出『科科科』的聲音。喜歡潮濕陰暗、土壤肥沃的生長環境，最好是濕度極高的黑澤土。原是屬於北大陸的珍稀植物，百年前被第一代勇者發現，帶回南大陸種植。」

「營養價值極高，但因外觀緣故，大眾接受度極低，幾乎無人敢嘗試。在沒有市場的情況下，也導致沒什麼人願意再花心力栽種，使得蘿蔔．蘿蔔．蘿蔔在南大陸上越來越少見，但偶爾還是能聽見有小女生被一根蘿蔔摸屁股的傳聞。」

「聽起來是差勁的蘿蔔，更應該吃看看了。」翡翠徹底被激起爲民除害的心思，「那些傳聞是在哪些地方出現的？是在有黑澤土的地方嗎？」

「傳聞的源頭已難考證，不過有黑澤土的地方還是能找得出來。」白薔薇以指尖沾水，直接在木桌上畫出一幅簡略地圖，並在其上點了幾個地方，「這裡、這裡，還有這裡。」

翡翠聽見白薔薇流利地唸出一串地名，他來不及記下，乾脆用A地、B地、C地代替，接著才發現到，疑似能栽種出神奇蘿蔔的地點居然不少。

「一、二、三、四、五、六、七、八……」翡翠看著地圖裡的八個點，那八點差不多也把南大陸繞一圈了，「全找過一輪的話，大概要多久時間？」

「幾個月跑不掉吧。」白薔薇說。

翡翠俐落地把這個選項畫了叉叉。

他能用的時間可不多，而從上一回的經驗來看，世界任務也不至於強人所難，非要他去一個遠超過二十多天路程的地方。

斯利斐爾曾說過，看似莫名其妙的任務都有其理由存在。就像第一回的假扮女孩子，雖然讓他穿了三天裙子，卻也推動他前往克爾克城，最後得以和水之魔女接觸，搶了對方的結晶。

嗯，順便還把人家的胸口捅出一個洞。

那抹藍影在翡翠腦中一閃便逝，更讓他掛念的是當初那處寶石森林，以及那幢豪美宅邸裡的各式收藏品。要是那時候能趁機摸走一點東西，想必可以換得許多晶幣。

只可惜，當時的他又累又餓，又還得趕緊把那些昏迷的女孩們送回城裡……再想起這件事時，已經找不到進入水之魔女地盤的路徑。

想到那些和自己錯身而過的寶物，翡翠便十分扼腕，覺得自己彷彿損失了一個億。

不，以那些東西的價值，恐怕還眞的是損失一個億啊！

「您怎麼看？」斯利斐爾的聲音拉回了翡翠跑偏的思緒。

「看？」翡翠的視線下意識先落到黑薔薇還沒動過的甜點，緊接著一根銀叉猛地在他眼前落下。

白薔薇戳起一小塊蛋糕遞至黑薔薇嘴邊，以行動向翡翠表示別覬覦別人的東西。

「不是看那裡，您能把注意力和集中力放在正確的地方嗎？」斯利斐爾面無表情地說。

「超正確的啊……」翡翠依依不捨地從那塊蛋糕上收回目光，總算沒忘記正事，「問一下，這些可能有蘿蔔的地方，哪幾個來回路程是在二十天內的？」

灰罌粟懶得講話，只是將眼神投往白薔薇。

「這幾個都是。」白薔薇一心兩用，一邊繼續送上蛋糕給黑薔薇，一邊在水跡尚未乾涸的地圖上點了四點，「而且非常湊巧，這幾個地方都有委託能做呢。」

「咦？」翡翠沒想到話題突然繞到這方面。

「要不要順便接個委託？」白薔薇笑容甜美，像澆了最濃稠的蜜糖，「酬勞都是用晶幣計算的喔，走過路過別錯過喔。」

「包……」翡翠才剛開口，本來不想說話的灰罌粟立刻一拍桌。

「不包。」灰罌粟皮笑肉不笑地說，「不管三餐、下午茶或是點心，還有住宿，通通不包。」

「我都還沒說完呢。」

「我幫你說了，反正你肯定想這麼說的。如果不想再被我的寵物掃地出門，就把那些想敲詐的念頭收起來。」

「那哪是敲詐？頂多算是合理地爭取福利。」眼看灰罌粟的腳邊冒出了多截森森白骨，翡翠識時務地改變話題，「我明白了，那我就順便接個委託吧，不過要選哪一個比較好？」

這時候出主意的是斯利斐爾。

銀髮男人不知從哪找出一枚飛鏢和一個圓形標靶。他將標靶掛在了不遠處的牆面上，再將飛鏢塞到翡翠手中。

「射飛鏢吧，主人。這四個地點的名字都有顏色，正好以標靶上的顏色區塊來做代表。您射到哪一個，我們就選哪一個。」

「我覺得射到靶子外面的機率可能更大一點呢。」

「不會。」斯利斐爾罕見地笑了下，「在下對您沒有任何信心，但對您的這具身體很有信心。您是上天的恩寵，不管您選到了哪一個，那麼……」

一切都是命運，是眞神的旨意！

第2章

斯利斐爾沉穩堅定的話語言猶在耳，但翡翠現在只懷疑所謂眞神的旨意，就是想看自己痛苦。

事情要從一小時前說起。

翡翠射出的飛鏢沒有脫靶，而是穩穩落到了黑色的區塊上。

黑色，剛好符合了「黑沼林」這個地點。

委託內容相當簡單，一句話就描述完畢：我爺爺的爺爺以前旅行時不小心把傳家之寶遺落在黑沼林了，希望能幫忙找回。

還沒有忘記附上那件傳家之寶的示意圖。

那是一個造型有些……一言難盡的白色玉雕，一隻小雞踩在烏龜上面，小雞還做著一副漁夫的打扮。

烏龜和漁夫，這個組合讓翡翠反射性想到浦島太郎這則故事，他決定要把委託人欲尋回的傳家寶稱爲「浦島太雞」。

然後他和斯利斐爾就雙雙被掃地出門了。

被生理痛困擾的灰罌粟連最後一絲耐心也被耗盡，決定今天關門休息，拒絕任何閒雜人等再留在塔爾分部裡製造噪音。

翡翠甚至連多蹭一份蛋糕都來不及，人就已經被黑薔薇和白薔薇扔到外面。他還眞沒想到兩名美少年看起來柔柔弱弱，力氣卻不是普通的大。

「到黑沼林起碼也要耗上七、八天的時間，如果想縮短時程，建議去租借魔物來拉車。」白薔薇站在階梯上方，笑吟吟地說，「如果眞的找到蘿蔔·蘿蔔·蘿蔔的話，請務必帶一根回來讓我們開開眼界。」

「這會另外給錢嗎？」翡翠認眞地問。

「不會。」白薔薇說，「但灰罌粟喜歡一些古怪的植物，所以我和黑薔薇願意以條件交換。送你一本當紅小說如何？有作者親筆簽名和指印畫押。」

「你們是對那作者做了什麼事啊……」翡翠只聽過簽名簽繪，頭一次聽到還有被押指印的。

站在後方的黑薔薇忽地上前，拊在白薔薇耳邊低語。

「唔，好吧……」白薔薇顯露遺憾，「黑薔薇不想太剝削你。他說，除了那本書以外，還能贈送一次情報。如果你之後有想打聽什麼事，可以有一次免費的機會。」

「公會的情報難道還要錢嗎？」翡翠驚訝地問。他以爲成爲冒險獵人以後，就都是免費大贈送。

「您的知識須要學得更紮實一點，好補補您腦袋裡的洞。」斯利斐爾說，「情報是冒險公會最大的資產，自然不可能白白送人。但如果是在分部內就能查到的資料，例如您之前問的蘿蔔出沒地，或是負責人原本就知道的資訊，那麼他們不會介意這一點舉手之勞。」

翡翠了解了，隨後他沒有一絲猶豫地應允，「我一定會帶一根回來給你們的，所以有件事，我想請你們幫我打聽一下。」

「這麼篤定？」白薔薇訝然地笑了，「交換的東西還沒拿到手，就想先要我們跑腿了？」

「既然我都會把東西交到你們手上，那麼這中間的時間就別浪費了，不是嗎？」翡翠也綻放笑容，那張精緻美麗的面孔頓時令周遭景物遜色不少。

「萬一呢？」

「沒有萬一。」

因爲有萬一的話，這世界也結束了。翡翠自然不會把這驚人的眞相說出口，只是從容不迫地迎望回去。

黑薔薇和白薔薇說著悄悄話。

「好吧，看在黑薔薇的面子上。」白薔薇對自己的孿生兄弟似乎有無限的縱容和耐心，「你希望我們打聽什麼？」

「黑雪，黑色的雪。」

翡翠只留了這六個字給黑薔薇和白薔薇，而從他們當時茫然的神情來看，他們也是頭一回聽聞。

不過這就不在翡翠在意的範圍內了。

畢竟讓他邊賺晶幣邊完成世界任務就已經夠忙了，哪擠得出時間再去查探黑雪相關消息，但他也不想被動地等到黑雪出現在他面前。

眼下既有冒險公會這個龐大的人力網可助力，他幹嘛不多加利用？又不是傻了。

「我可眞聰明。」翡翠心情愉快地拉著斯利斐爾踏上旅途。他採納白薔薇先前的建議，在租借馬車時跳過一般馬匹，選擇了溫馴又耐跑的魔物，赤氂牛。

雖然名字有「牛」字，但赤氂牛的外貌和翡翠知道的牛一點也不像。牠是一隻有著巨大馬臉的四足生物，一身皮毛赤紅如火焰，頭的比例幾乎和身體差不多大，讓人忍不住擔心牠的平衡問題。

但出人意料地，赤氂牛走起來又快又穩，就算是坑坑巴巴的道路，也能走得毫無顛簸。

這對容易暈車的翡翠來說，無疑是一大好事。

他慵懶地靠坐在車廂裡，懷中抱著金蛋，屈起的膝蓋上擺著一本書，手裡還拿著一塊甜點。

書和甜點都是黑薔薇在他出發前交給他的，前者就是那本據說有作者指印畫押的當紅小說。

對於異世界的熱門文學作品，翡翠多少也是有一些好奇心的。

翻著那本名叫《霸道法師俏骷髏》的愛情小本本，翡翠時不時咬一口手上的水晶槐花糕。

上層剔透的晶凍隨著車廂的些許晃動漾起了波浪，散布在凍裡的一片片鵝黃花瓣就像浪中的小魚，隨時準備悠游擺尾。下層則是軟糯清甜的鬆糕，混合果香和花香，再揉入一縷若隱若現、能將所有味道提升一個層次的鹹香，讓人怎麼吃都不覺得膩味。

唯一美中不足的，大概就是小說內容吧。

翡翠對跨種族戀愛沒有意見，他也挺喜歡骷髏的，特別是那些看起來適合熬湯的。但書裡的霸道法師和俏骷髏每兩節就滾一次小床，每三章就滾一次大床……作者對於描述俏骷髏身上的任一部位都特別賣力，令人忍不住懷疑自己看的不是愛情小說，而是一本人體骨骼大全。

翡翠寧願看本食譜，也不想被各種骨頭名稱洗腦。這書名讓他猜測該不會是塔爾分部的哪位負責人自己下海寫的，只是用的是「伊斯坦」這個筆名。但想到那幾枚活像遭到嚴刑拷打才留下的指印，登時又把這個猜測推翻了。

懶得再糾結下去，翡翠拿出白薔薇交付的映畫石，對著車廂外喊了一聲：「斯利斐爾，你寂寞嗎？空虛嗎？須要人陪嗎？只要你願意變回原形讓我抱著，我很樂意犧牲我的肉體。」

「不、不、不，在下的答案永遠是不。」斯利斐爾的語氣冷硬得毫無轉圜餘地。

翡翠自動讓這些拒絕左耳進、右耳出，他剛要爬出車廂，卻猛地感覺到手臂傳來一陣奇異刺癢。他連忙低頭檢查，映入眼中的景象讓他瞳孔遽然收縮。

他的兩隻手臂不知何時竟都浮現微凸的紅色紋路，一條條縱橫交錯，乍看下簡直像被烤網烙燙過一樣。

緊接著就連小腿部位也傳來了相似的刺癢感，翡翠立刻捲起褲管，果然看見小腿肚同樣冒出紅痕。

「怎麼回事？」翡翠大吃一驚，不自覺喊了出來，引起斯利斐爾的注意。

「怎麼了？」斯利斐爾讓赤氂牛繼續趕路，自己則鑽進車廂內，「您的皮膚……」

「我也不曉得是怎麼回事……」翡翠發現這些疑似傷疤的紅紋來勢洶洶，只不過是幾句話的時間，它們便擴展範圍，有的甚至成爲大片紅斑，「是這身體的問題嗎？例如跟靈魂不合，要崩潰之類的？」

斯利斐爾瞥見了被扔在旁邊的《霸道法師俏骷髏》，「……您小說看太多了。腦子是個好東西，在下希望您身爲精靈王更應該擁有。您剛做了什麼嗎？」

「就看書跟吃東西。」翡翠如實回答，「我剛吃了黑薔薇給的點心。」

「雖然您除了身體以外都很差勁，但在下認爲，公會負責人不至於對您下毒。最快的方法，就是讓在下直接進入您體內檢查。」斯利斐爾說。

「那就來吧。」翡翠不喜歡有人入侵他的腦子和身體，可也分得清事情緩急。

斯利斐爾只消失了極短的時間，不到片刻便又重新出現在翡翠面前。

銀髮紅眼的男人神色嚴峻，彷彿翡翠得了某種不治之症，「不是中毒，是過敏。」

「什麼？」

「您是海鮮過敏。」

翡翠掏掏耳朵，瞬間還以爲自己聽錯。雖然這些紅斑紋看起來是挺像過敏症狀……

但是，完美無缺的精靈竟然還會海鮮過敏？

「說好的上天恩寵呢？而且過敏嚴重的話，還可能會掛掉。」翡翠挑高眉毛，「這樣就不符合你說的，我不能自殘這項設定吧。」

「您目前的過敏最多是誘發身上紅斑，不會有任何生命危險。照理而言，您就算吃進毒藥，也不會對您的身體帶來負面效果，否則就違反了『不能自殘這條規則』。」斯利斐爾說。

「但是……這裡還有個『但是』吧。」

斯利斐爾點頭，「但是對某種事物過敏，例如海鮮、花生、花粉、愛情小說、人類等……又是精靈族天生就有的缺陷。」

「等等，你的意思是……」翡翠舉手打岔，「過敏是精靈族與生俱來的弱點，但因爲我身分特殊，所以過敏症狀再怎麼嚴重，也不會危及生命，是嗎？」

「您理解得很正確，在下很欣慰您的腦子沒搞丟。」斯利斐爾一臉嚴肅，「世上萬物都有缺陷，不可能是完美的，包括精靈也是。」

翡翠按著額角，試圖把思緒理得更清楚，「因爲只有神才是完美、無缺陷？」

「是的，只有眞神和在下才能完美無缺，其他生物終究是次級品。」斯利斐爾說到其他生物時，就和他說「寄生蟲」一樣，冷淡無波，「當然，精靈比起那些次級品還要更高等。」

翡翠不在意高等低等的問題，他只想把事情弄得更明白。

「這麼重要的事，爲什麼一開始沒有先告訴我？叫人當精靈王之前，好歹要先給個使用說明書啊。」

「給了您會看嗎？」斯利斐爾才不相信。

「不會。」翡翠也很坦然，「要知道，在我們的世界裡，『我已經將上述說明全部閱讀完畢並同意』這句話，就是最大的謊話。但就算如此，也不能改變這是你的失誤這項事實。」

「確實是在下的失誤。」斯利斐爾沒有否認，「但追根究柢，原因是出在您身上。」

「我？」翡翠狐疑地比著自己。

「倘若不是您對在下的原形做出如此凶暴、殘暴、令人髮指的行爲，在下也不會因過度衝擊，而將如此重要的事遺忘在腦後。」一提及自己最初的遭遇，斯利斐爾臉色便陰沉了下來，看著翡翠的眼神像在看一個十惡不赦的罪犯，「在下本該完美地出場，是您將這份完美毀掉。」

「被我吃掉也很完美啊。」即使吃起來沒味道，也不妨礙翡翠重新勾起對絕世美鬆餅的渴望。他捧著臉頰，看著斯利斐爾的目光既露骨又熱切。

被一個美人熱情地盯著看，對大部分人來說是件享受的事。然而對斯利斐爾來說，他只感受到生命危險。

「既然沒大礙，那在下便出去了，您的過敏約莫半小時就會消退。」

「挺快的啊……不對，問題是我今天根本沒吃海鮮吧！」翡翠慢一拍察覺到最大的疑點。他快速將腦中的菜單過濾一遍，確定自己的確沒吃到任何跟海鮮有關的料理。

事關精靈王的身體問題，斯利斐爾還是耐著性子留下。他回想起今早的行程，他們兩人一直都是一塊行動，翡翠吃了什麼他也都看在眼中。

除了對方剛剛在車廂裡的時間。

「您說您吃了黑薔薇送您的點心？」

「對，水晶槐花糕，超好吃的，我有意思意思地留十分之一給你呢。」爲了證明自己所言不假，翡翠將剩下的點心拿出來，差不多就一個指頭的大小，碰巧晶凍裡還有一瓣黃花。

斯利斐爾一眼掃去，就掌握住全部真相了，「您吃的水晶槐花糕裡就有海鮮。」

「咦？」翡翠一怔，看看指尖上的糕點碎末，再看看斯利斐爾，「咦咦咦咦？」

「上面的那層凍，是槐花魚的膠質凝成。凍裡的花瓣，是槐花魚的尾鰭。」斯利斐爾逐一解說。

翡翠不禁啞然，從沒想到槐花不是花，指的竟然是槐花魚。

「槐花魚的尾巴有如一串串黃色花瓣，常有人拿來作食物裝飾。這次也是在下大意了，以後在吃任何不清楚原料的東西前，麻煩您先詢問在下。」

「誰會想到甜點居然是用海鮮做成的……」翡翠看著指尖上的最後一口，斯利斐爾看樣子沒打算吃，但浪費食物也不好。

雖說他吃海鮮會過敏，可目前症狀也不太嚴重，最多是皮膚像被烤肉網燙了幾次，刺癢個一陣子而已。

這種狀況下，就算他繼續吃海鮮也還是扛得住的吧？

想到這裡，翡翠心頭一熱，看著指尖上碎末的眼神也越加熾烈。

正當他要把最後一口送進嘴裡的剎那間——

「有件事在下忘記說了。」大半身子已探出車廂外的斯利斐爾驀地回過頭，「紅痕只是最輕微症狀，您不會想知道嚴重時是怎樣的狀況，所以您可以把手上那塊丟了。」

翡翠閉了下眼，內心只有一句話想講。

草泥馬，沒有海鮮的生活……還叫什麼人生啊！

自從被宣告這具新身體對海鮮過敏之後，翡翠就覺得他的人生，或是精靈生……總之他的未來生活頓時失去四分之一的意義。

在他的規劃裡，有四分之一是肉，四分之一是海鮮，四分之一是甜點，剩下的四分之一就是雜七雜八，反正都是吃的。

突然間必須對海鮮展開斷捨離，翡翠整個人陷入了頹喪。

不過兩天後，在看見路邊有株結滿纍纍果實的大樹時，立刻再度振作起來。

「停車、停車、快停車！」翡翠忙不迭用手連連拍打斯利斐爾的肩膀。

「您又想幹什麼了？」斯利斐爾讓赤氂牛停下，在「又」字上不客氣地加重語氣，足以看出這幾天來，翡翠沒少做讓他頭痛的事。

「那個啊！」深怕斯利斐爾沒瞧見，翡翠舉手遙指前方的大樹。樹上一顆顆果實圓潤飽滿，每一顆差不多都有乒乓球大，上半部鮮紅欲滴，下半部金黃燦爛，在日光下閃耀著美麗的光澤，「能吃嗎？吃了會對身體有任何負面影響嗎？」

翡翠這次問得比較詳細，以免斯利斐爾在回答時有所保留。

斯利斐爾瞇眼看向那棵蔥翠果樹，「能，不會。」

翡翠要聽的就是這個，他眼睛一亮，馬上靈敏地跳下車，一個箭步衝向樹木。只見他腳尖一點，一顆金紅果實眨眼間就落至他的掌中。

翡翠將果實隨意往衣上一擦，迫不及待地張口咬下。卡滋一聲，清爽鮮脆，滿口汁液溢出，類似蘋果混合柑橘的酸甜香氣如微風般在舌上輕拂而過。

「超、好、吃。」翡翠幸福地瞇細眼，立刻加快速度，像隻小松鼠般將果肉啃得乾乾淨淨，沒一會只剩下青黑色的果核。

翡翠將果核舉高研究，這顏色看起來活像中毒過一樣。倘若不是斯利斐爾事先說明這水果對身體無礙，他都忍不住要懷疑該不會有哪裡不妥。

「這眞的沒毒吧？」翡翠甚至發現果核上還有極細的紋路，勾勒起來活像無數個小骷髏頭散布其上，和它誘人的果實外表呈現極大反差。

「您在全部吃下肚之前，就該再問在下這一句的。」斯利斐爾坐在馬車前座上，背脊就像一把尺，直挺挺的。

「但我第一次就有先問會不會對身體帶來負面影響了，再補這句不過是保險嘛。」

「如果您眞的理解『保險』這兩字，那麼您就更應該多等一等。」

「等什麼？」翡翠忽然有不妙的預感。

「等在下把話全部說完。」斯利斐爾語氣恭敬，但兩隻眼睛裡只差沒寫著「蠢」跟「蛋」，「您手上拿的東西能吃，不會對身體有任何負面影響，但是……」

翡翠覺得自己實在很討厭再聽見「但是」兩個字。

「好的，求你一次把該說的全說完了，否則我怕我會控制不住把手上的東西丟你臉上。」翡翠「啪」地捏裂了青黑色的果核。

「但是會讓您倒楣，一整天都會。」

「……什麼？」

「倒楣、不幸、不順利、悲慘，看您喜歡哪一個都可以。」

「哪一個聽起來都很糟。」翡翠決定還是把剩下的半塊果核砸向斯利斐爾，「我吃的到底是什麼？」

「簡稱『壞運』，全名是『會帶來壞運的果實』。只要吃了它，一整天都會被壞運氣纏身。但您吃的那顆特別小，我估計到晚上就差不多失效了，不會眞的到一天。」斯利斐爾輕易閃過果核，「您在吃之前，難道沒想過爲什麼樹上的果實都沒人摘嗎？」

「沒想過。」翡翠回答得理直氣壯，「我只想著吃而已。」

「在下果然不該苛求您的腦袋。」斯利斐爾面無表情地吐出一口長長的氣，催動赤犛牛往翡翠方向靠近，「在下建議我們最好趕緊先離開這，您的壞運隨時可能發作。沒人知道接下來會發生什麼事，即使在下是眞神代理人也不行。」

「先等一下。」翡翠卻是腳步不動，目光直直地盯住金紅果實，「既然都會衰到晚上了，那吃一顆，和吃很多顆，應該沒啥差別吧？既然如此……」

「那您還是別挑戰普通倒楣和倒楣到懷疑人生的差別。」斯利斐爾哪可能放任翡翠行動，他出手如電，一把抓住對方的手臂就要強制把人拽上車。

說時遲、那時快，枝繁葉茂的壞運樹上忽地傳來異響。

猛烈的響動聽起來不像是被風吹動。

翡翠下意識抬頭往上看。

斯利斐爾趁隙將人拽上車。

就在這個瞬間，一抹人影從樹間落下，不偏不倚竟砸在赤氂牛的背上。

突來的撞擊嚇到了素來溫馴的魔物。

赤氂牛驚慌失措地嗥叫一聲，撒開四蹄像隻無頭蒼蠅般亂竄，馬車失控地跟著往前疾衝。而那名從天而降的不明人士則掛在赤氂牛背上，像個麻布袋一晃一晃的，看不清面容，只隱約瞧見對方有一顆砂金色的腦袋。

「哇啊！」翡翠驚叫一聲，突如其來的高速差點讓他跌下車，他趕緊牢牢抓住馬車邊緣，在呼嘯的狂風中拉高聲音，「這也太扯了吧？為什麼會有人這麼剛好從樹上砸下！」

「這不是剛好，這是您吃的東西在發揮效用了。」如同呼應斯利斐爾的話，後方原先還蔚藍晴朗的天空立時聚集大片雲層，灰撲撲的色澤宛若墨汁傾倒其上。

緊接著，銀白閃電在灰得近黑的雲裡大亮，雷聲轟隆隆驟響，滂沱大雨說下就下。

驚人的雷雨就像發瘋般緊追在失速馬車後方，隨時都有可能將翡翠他們籠罩其下。

斯利斐爾迅速掌控赤毳牛狂奔的方向，卻沒有減緩牠的速度。

在轟然雨聲、雷鳴聲、車輪飛快轉動的聲音中，銀髮男人的嗓音清晰有力地穿透出來。

他說，「您看，您的壞運開始了。」

翡翠現在一點也不覺得斯利斐爾的嗓音禁慾性感了。

那分明活像恐怖片的旁白。

第3章

若時間能倒轉，翡翠一定會阻止自己管不住的手，千萬別摘下那顆金紅色的壞運。

雖然那眞的很好吃、很好吃……但扛不住它帶來的壞運氣啊！

雷雨終究還是成功追了上來，好在還有車廂可以讓翡翠避雨。

斯利斐爾八風不動地坐在外頭駕車，所有雨滴在碰觸到他之前便自動避開。即使身處傾盆雨勢中，他全身依舊保持乾爽。

而在這種讓人急著想躲避的壞天氣裡，也不會有人察覺到斯利斐爾的異常之處。

相較之下，那名橫掛在赤氂牛背上的不明人士，就只有淪爲落湯雞的命了。

車裡車外的這一對主僕，誰也沒想過要將人解救下來。

當然，如果僅僅是這樣的發展，翡翠也不會發出來自靈魂深處的吶喊。

壞運的威力果眞不同凡響——

即使沒被大雨澆淋，但待在車廂內的翡翠不時就因猛烈的轉彎被甩來甩去。他感覺

自己就像一根擀麵棍，從這擀到那，再從那擀到這，可惜自己的身下沒有一張大餅。

深怕金蛋飛出去，翡翠沒忘記緊抱著背包不放。也不曉得是不是自己的錯覺，他似乎聽見了很淺很淺的心跳聲。怦咚、怦咚、怦咚……還是複數的。

但等到翡翠細聽，那些聲音又消失不見，耳邊只餘凶猛驟雨不斷拍擊木板的聲音。

好不容易車況變得平穩些，不再那麼狂野了，翡翠齜牙咧嘴地重新坐起，只覺整副身體像是要散架。

但接下來，壞運換了新的方式強調自己的存在感。

翡翠喝水嗆到，吃晶幣噎到，就連想說話都咬到自己的舌頭。他一臉厭世的表情，只好選擇不吃不喝，並且閉上嘴巴，再度躺下，像條被曬乾的鹹魚，一動也不動。

勉強算是好消息的，是卯起全力狂奔的赤氂牛將剩下的兩天路程縮短成半天。

對翡翠來說，那感覺大概就像是從客運突然換乘到高鐵上吧。只是這輛四輪馬車險些承受不了如此高速，瀕臨解體邊緣。

來到黑沼林外圍時，翡翠看著搖搖欲墜的車廂內壁，小心翼翼地用食指戳了一下。

啊，眞的解體了。

密閉空間頃刻成了毫無遮蔽的開放式，同時迎來的還有嘩啦落下的豆大雨點，當場將翡翠淋成一隻落湯雞。

隨著翡翠被淋得濕透，大雨也在剎那間戛然而止。藍天重新自雲層後露出，金澄的陽光大把大把灑下，方才的雷雨彷彿錯覺。

「這是玩我吧……」翡翠抹去臉上的水，蔫蔫地說。

「您在說什麼呢？」從頭到腳乾乾爽爽的斯利斐爾回過頭，「這頂多算開胃菜。」

「不要以爲我聽不出你在幸災樂禍。」翡翠故意湊近斯利斐爾，無預警一甩頭髮，將上面的水珠全弄到對方身上。

終究將斯利斐爾弄濕的翡翠得意一笑，像隻趾高氣揚的貓從破爛車廂跳下來。

黑沼林會叫作黑沼林，主要是因爲這片密林的土壤顏色較深黑，裡頭還散布著大大小小的沼澤。沼澤表面也是黝黑的，一不留神便會誤陷進去。

終年環繞在森林內外的淡灰霧氣則像一個警告標記，宣告著接下來的範圍都是屬於黑沼林的領域，沒有幾分能耐的人最好別貿然靠近。

根據翡翠腦中的知識，黑沼林的霧氣含有極淡毒素，短時間吸入影響不大，但日積月累下來依然對人體有害。

翡翠望著被籠在一層灰色裡的森林，這放在他們世界，大概就像排放廢氣的工廠。

「這人死了嗎？」翡翠收回目光，走到赤氂牛身側，試探地戳戳那具一動也不動、不停滴水的人影，「要就地埋了嗎？」

「還沒死，不能埋，也不能讓他在路上就死了。」斯利斐爾跟著下車，輕輕一彈指，那些被翡翠蹭到身上的水珠自動浮起蒸發。

「意思是我們還要帶著他走？你居然這麼有同情心？」翡翠訝異地看著斯利斐爾，就好像對方的頭上突然出現一圈聖光閃耀的天使光環。

「您把在下當成什麼了？」斯利斐爾輕推一下鏡片。

「沒當成人看。」翡翠素來奉行實話實說，誠實是他數不清的優點之一。

這句評論對斯利斐爾而言倒不是侮蔑，他的確不是人。

「儘管在下很樂意見到您倒楣透頂地過一天，但這畢竟會浪費不少時間。」斯利斐爾也是一名誠實的真神代理人，「在下想了想，還是找到一個辦法。」

「嚴格說起來，我們還誤打誤撞地節省時間……不過我的確不想繼續倒楣下去。」

翡翠給了他一記有話快說的眼神。

斯利斐爾沒賣關子，「壞運可以分擔出去。例如本來有百分之百的壞運會落到您身上，可您身邊有其他人的話，那麼您只會面對五十，剩下的五十由另一人幫忙平分。」

「等一等，不是應該三十三嗎？」翡翠不會忘記斯利斐爾的，「小數點後的尾數就不管了。有你、我、那個可疑人士，算起來就是一人負責百分之三十三多的壞運吧。」

「您不能將在下算在內，在下和這些寄……這些人類不同。最重要的是……」

「是？」翡翠注意到斯利斐爾移轉視線，他跟著望過去，最後落到那個如今已稱不上完整的車廂，或者用「木板」稱呼會更適合。

在這瞬間，翡翠的腦電波倏地和斯利斐爾同步了。他恍然意識到那名不明人士除了分擔壞運外，還有一個更大的作用——揹、黑、鍋。

簡單來說，就是把馬車損毀的帳賴到他頭上。

「斯利斐爾，你真是天才。」翡翠衷心地讚美。

「您沒必要將顯而易見的事實說出來，但如果您想多說一點，在下也不介意。」斯利斐爾朝赤髭牛的方向一抬手。

擁有赤紅皮毛的魔物立刻甩晃身子，將像貨物掛在自己背上的男人猛地甩落下來。

這一砸，竟讓失去意識的男人冷不防有了反應。

一聲劇烈的嗆咳響起，面朝下的男人終於撐起身子，慢慢地抬起那顆砂金色腦袋。被大雨沖刷過的髮絲乾乾淨淨，顏色令人想到被陽光曬得發亮的砂粒。

男人搖搖晃晃地站起，他體型削瘦，臉色蒼白如紙，隱約能看見皮膚下細細的青色血管，嘴唇缺乏血色，甚至有點泛紫。

明明看起來年紀輕輕，卻絲毫沒有年輕人的蓬勃活力，反倒一副久病纏身的虛弱模樣。似乎只要風再稍微大點，就能把他吹得連站都站不穩。

男人茫然地東張西望一陣，發覺翡翠和斯利斐爾後，馬上想朝他們邁步而去，然而才走了一、兩步，整個人突然「啪」的一聲摔倒在地。

翡翠和斯利斐爾都沒想到，那名金髮年輕人竟會無預警說倒就倒。

「我們眞的要帶他進去嗎？」翡翠的言下之意是他不想負責扛。

「您有更適合的人選？」斯利斐爾淡淡反問。

翡翠聽出了省略的「冤大頭」三個字。他想了想，必須得承認，還眞的沒有。

「但你得負責扛。」翡翠飛快地撇清責任，「我有三顆蛋要照顧，它們很重要、很重要，除非你想看我因爲分心，不小心把蛋給搞丟。」

「您還有一個選擇。」斯利斐爾看翡翠的眼神像在看智障，「您可以叫醒他。」

翡翠確實忘了還有這個選項，他恍然大悟地一擊掌，再從懷裡抽出自己的雙生杖，杖身轉眼從巴掌大延伸得更長。

翡翠彎下身，拿著雙生杖往男人腰間戳。

就在法杖即將碰觸到男人身體的前一刻，他原先緊閉的雙眼霍然睜開，眸裡迸射出和病弱外表不符的凌厲冷光，而他手裡也迅雷不及掩耳地利光一閃——

「主人！」

斯利斐爾緊繃的聲音和硬物撞擊的聲響幾乎同時響起，清晰傳進在場三人耳中。

桑回握著武器的手從來不抖，即使在未完全清醒、對四周狀況還有些茫然之下。他的臉色格外慘白，臉上籠著一層疲倦。那具孱弱的身子好似隨時會再重心不穩地倒下，可他眼底的銳意如同他手上的利刃，被打磨得發亮。

他警戒地觀察周邊環境，隨後發現自己用刀格擋住的，是一支大得足以讓小孩興奮尖叫的三色拐杖糖，而糖的主人則是一名貌美的綠髮妖精。

注意到那對非人象徵的尖長耳朵，桑回一愣，目光再落至翡翠臉上。

那張臉美麗得驚人，五官像經過上天細膩地雕琢，左眼下方點綴的三點淚形寶石更如神來一筆。不過中性的容貌及一身服裝打扮，又不至於讓人錯認性別。

「你就是這樣對待你的救命恩人的嗎？」面前的綠髮妖精出聲，拉回桑回的神智。

「你……救了我？」桑回沒有鬆開手上的力道，金棕色眼珠直直地盯視，彷彿要看出對方語言的真實性。

「你突然從樹上摔下來，砸壞了我們的車。」翡翠說起謊來臉不紅、氣不喘，還能完美地做出苦惱的表情，「喏，你自己看……好好一個車廂，只剩底部那層木板了。」

桑回順著翡翠說的方向望過去，果然瞧見一輛車……如果那還稱得上是車廂的話。

「你還差點砸傷在下的主人。」一片充滿壓迫感的陰影罩下，身材高大的斯利斐爾居高臨下地俯視桑回，鏡片後的眼神冷峻凜冽。

光與他對視，便彷如感受到嚴寒的冬雪猛烈襲來，要將所有溫度丁點不剩地帶走。

桑回直覺感受到危險，就好像青蛙遇上了天敵，完全不敢動彈。

「在下的主人大度，精神受創費用不跟你算。但馬車部分，你得負責賠償才行。」斯利斐爾冷冰冰地說，「你從壞運樹上砸下來，你知道那有多危險嗎？萬一不小心把在下的主人砸死或砸成半殘該如何是好？」

「別以為我聽不出來你那失望至極的語氣啊。」翡翠斜睨斯利斐爾一眼，手上抓握的雙生杖倏地消隱。

發現武器上施加的力道驟然消失，桑回也隨之收起自己的防身武器，鬆懈下來的身體很快又像支撐不住般跌坐回地面上。

「咦咦？怎麼又倒下去了？」翡翠一驚，伸手就想幫忙。

「別離我太近！」桑回連忙喝止，「陌生人接近我的話，我的身體會反射性採取保護機制，這已經是一種本能了。」

桑回示意翡翠往自己左手一看，那裡不知何時竟緊握著另一把銳器。刀尖閃爍著凜凜寒光，若有敵人逼近，就會受到致命的一刀。

「抱歉，要麻煩你們稍微往後退一點……」桑回喘了口氣，確定和翡翠兩人拉開了距離，這才扔開手裡的刀。

翡翠發現那赫然是一支筆，只不過原來該是筆尖的地方，如今被鋒利的刀刃取代。

「方才對你們有所冒犯，還請見諒……我是桑回，來自華格那。」桑回先將背包解下，再吃力地將身上那件吸了太多水分、顯得越發沉甸甸的大衣脫下，扔到一旁。

大衣落地時還發出沉重的金屬聲響，似乎裡面夾帶著分量不輕的重物。

翡翠對桑回說的地名隱約有印象，他翻了翻腦中的記憶，想起那也是另一個冒險公會分部的所在地——位於南大陸西北部的華格那分部。

「我是翡翠，後面的是斯利斐爾。你是華格那來的，是冒險獵人嗎？」翡翠問道。

「不是……」桑回咳了幾聲，脫掉大衣的他看起來更加病弱了。他本就濕透，被風一吹頓時打了一個噴嚏，接著咳嗽就像停不下來，咳得讓翡翠忍不住擔心起他的喉嚨。

好半晌，桑回的咳嗽總算平息，一張過於蒼白的臉如今倒是因此染上幾分血色。

「不好意思，是老毛病了……我身體不太好，剛又被外套壓得有些喘不過氣，才會走沒幾步又倒下。」

翡翠瞄了一眼那件隨便一擰就能擠出很多水的深色大衣，看得出挺有分量的，但他還是第一次聽說有人會因爲這樣而被壓垮。

「關於馬車和心靈創傷費，可以等我處理完事情之後，再設法給予賠償嗎？」桑回將大衣拉過，開始努力地將水分擰出來。沒一會就氣喘吁吁，好不容易浮起的臉龐血色也褪得一乾二淨。

「馬車費可以之後再算，但心靈創傷費不行。在下的主人都已經夠智……在思考方面本就有些欠缺了，如今被你一嚇，情況更是雪上加霜。」

「我聽出來了喔，你想趁機罵智障吧？」

「您的錯覺。」斯利斐爾敷衍地回話，再把目光轉向桑回，「我們有事要進入黑沼林一趟，但我們對這裡人生地不熟。不幸的是，在下的主人弱小可憐又無助，僅僅靠在下一人的陪伴是不夠的。作爲心靈創傷費的補償，在下希望你能與我們入林，一天即可，替在下的主人壯壯膽子。」

桑回沉默，懷疑不久前俐落擋下他突擊的綠髮妖精，究竟是哪稱得上弱小可憐？他都快要不認識這幾個字了。

但又想到自己居然撞壞了別人的馬車，而對方還好心地沒隨便丟下他，桑回沒有什麼猶豫，便同意了這個條件交換。

最主要的是，他剛好也要進去黑沼林一趟，翡翠他們將他帶來這，可以說是大大省下了他原本要花費的時間與金錢。

「其實我的目的地也是黑沼林，只是連日的趕路讓我的身子有些撐不住……才想說要找個地方先休息一下。」桑回解釋起自己爲什麼會從壞運樹掉下，接著被人撿到的原因，「平常不會有魔物想接近壞運樹，我才選了那裡稍作休息，沒想到……」

沒想到自己會累到昏睡過去，還從樹上掉下來，把從底下經過的馬車給砸壞了。

「主要是你人沒事就好。」實際上才是破壞馬車眞正凶手的翡翠安慰道：「那我們就結伴一塊進去吧。你有來過黑沼林嗎？有什麼特別須要注意的事情嗎？」

「以前來過幾次……」桑回重新將半乾的大衣穿起，衣襬晃動間，翡翠瞥見那件大衣的內裡竟然插著成排的筆，「黑沼林沒傳聞中那麼危險，雖然有瘴氣環繞，但只要待在裡面的時間不要過長，對人體不會有太大危害。沼澤的位置也相當好辨認，腳下多留意一點就不會誤踩進去。」

「魔物呢？」

「有一些昆蟲系魔物，不過沒有去故意驚動，彼此間還是能相安無事……除非特別倒楣吧。」桑回不甚在意地說，低頭扣好大衣的釦子，錯過翡翠一閃而逝的心虛。

吃下整顆壞運的翡翠，如今就是處於特別倒楣的狀態。

「應該……不會眞那麼衰吧……」翡翠喃喃地說。

「什麼？」桑回沒聽清楚。

「沒事，你有好一點了嗎？還是要再休息一會再進去？」

「現在就可以了……咳咳咳……咳……」桑回等喉中的癢意退去，才又清了清嗓子說話，「翡翠，你是魔法師吧？剛剛你拿的那個……是你的法杖？相當令人印象深刻，我第一次看見有人用糖果當武器。」

「我也好希望它是眞的糖果。」翡翠嘆口氣，「看著那麼好吃的拐杖糖卻不能吃，實在太折磨人了。」

斯利斐爾提醒，「是您堅持要將它弄成這外表的。」

「對，是我。滿足一下心理也是好的，你總不想我哪天憋不住了，直接抓著你咬一口吧……我眞是善良的人。」翡翠都要佩服起自己的品格高尚了。

斯利斐爾懶得跟一個凶殘吃了他兩次的人討論「善良」的意思。

「雖然我有法杖，但不瞞你說——我是一個殺手。」翡翠嚴肅地說。

以翡翠的美貌和他纖細出塵的氣質，即便他說自己是個殺手，大多數聽見的人也只會一笑置之，以爲他是在開玩笑。

然而桑回卻不是如此，他當下挺直背脊，露出更嚴正的表情，「你的身高、體重、年紀、家人，以及是否單身？」

「我可以告訴你我單身。你問這些要做什麼？」

「確定你有沒有在我的名單上。」桑回從包裡拿出一本厚厚的本子，裡頭記錄著滿滿的資料，還能看見簡略的人物畫像，「我先從種族分類看好了，妖精這個特徵一向很明顯……嗯，妖精族，綠頭髮、紫眼睛……很好，沒有類似的目標，起碼我的狩獵名單上目前沒有你。」

「狩獵？」翡翠沒料到會聽見這個字詞，他驚訝地看著桑回，猜不出對方的身分。

「我也不隱瞞你了，其實我是一個專門狩獵殺手的殺……咳噗！」話還沒說完，一口鮮血便自桑回嘴裡噴出，有如點點紅花散落，同時他瘦弱的身子再次往前倒。

如果不是翡翠反應快，拿出了雙生杖抵住對方胸口，只怕桑回的臉就要第三次和大地來個親密接觸了。

「咳，我真的是一個專門狩獵殺手的……殺手。」桑回氣若游絲地抬起頭。

翡翠吐出長長的一口氣，他只看得出來……這是一個快掛掉的殺手。

將赤氂牛和車廂留在黑沼林外邊，斯利斐爾看著翡翠，後者再看向咳出血的桑回。

桑回抹抹嘴邊的血漬，表示自己沒問題，這麼多年下來，早就咳著咳著習慣了。

「別擔心。」桑回露出一抹蒼白但堅定的微笑，「我可以的，我們這就出發吧。」

「辛苦你了。」翡翠眼含關切，「既然你都這麼說了，我也相信你可以的。」

「在下也相信，還請盡量跟在下的主人走近一點，以防他在林內受到驚嚇。」斯利斐爾鄭重地託付。

感受身懷重責大任的桑回點點頭，絲毫不知這對主僕狼狽為奸的險惡心思。

確認沒有其他疏漏後，由桑回打頭陣，三人的身影漸漸沒入了灰色的薄霧裡……

黑沼林的樹木盤根錯結，樹幹粗大，樹枝在半空中彎彎曲曲地延伸開來，樹皮上密密麻麻地攀附著枯褐的苔蘚。薄淡的灰色霧氣徘徊在林間，模糊了林內視野，使得這些樹木乍看下如鬼魅般影影綽綽地林立在灰霧間，教人忍不住望而生畏。

桑回的確不是第一次來到黑沼林。

雖說黑沼林被多數人繪聲繪影地傳成是可怕的地方，可只要事先準備周全，算準待在林中的時間，避免吸入過多瘴氣，那麼在黑沼林內穿梭也不是一件困難事。

原本桑回真的是這麼想的……直到他和翡翠二人正式進入密林深處。

起初這趟路程確實安然無事，桑回還有餘力向第一次到訪此地的翡翠與斯利斐爾介紹環境。

「好的，現在我們就在黑沼林……咳咳，裡面了。在林裡盡量不要奔跑或做劇烈運動，否則會不小心吸進太多……咳咳咳……這些淡灰色的霧氣。它們是含帶輕微毒素的瘴氣，在林中超過五日，就會讓人噁心、頭痛、手腳發軟等。若時間更長，就會引起更嚴重的病症。最糟的情況可能是瀕臨死亡咳咳咳咳咳……」

「你聽起來已經離瀕死不會太遠了。」翡翠連忙打斷桑回的熱心說明，「而且我覺得，除了你的咳嗽聲之外……我好像還聽到什麼聲音？」

「聲、聲音？」劇烈的咳嗽讓桑回聲音嘶啞，有如被粗砂紙磨過一回。

翡翠沒說話，以點頭回應。

見狀，桑回也嚥下聲音，專心聆聽森林裡的動靜。下一秒，他神色驟變。

那個聲音……那個有如急速震動的嗡嗡聲……

「是小蜜蜂，牠們通常會集體行動。」桑回以氣聲說，飛快朝翡翠他們做了個手勢，帶領他們改變行進方向，「我們避開，別跟牠們打照……」

「面」字還含在桑回的舌尖上，枯褐色的樹幹後冷不防竄出一抹陰影，阻擋在他們前方欲經之路。

那是一隻蜜蜂，頭部有著大大的複眼，身軀覆著一層絨毛，腹部黃黑色紋路交錯，末端則露出一根帶勾的銳利螯針。

外觀和翡翠世界裡的蜜蜂沒有太大差別，除了體型。

擋在前面的那隻蜜蜂，大概有一個七、八歲小孩那麼大。

倘若讓翡翠形容得更具體一點，那麼就是一百二十幾公分左右的大小吧。

抱著某種猜想，翡翠扭過頭，嗡嗡大隊的聲音來源已經闖入他的視野之中，起碼有將近十隻的蜜蜂。

他毫不意外地發現到，那群蜜蜂們也是差不多的……尺寸。

「你對『小』的認知是不是哪裡有錯誤？」翡翠語速飛快地問。

「什麼？」桑回的注意力都放在包夾他們的小蜜蜂上，沒仔細聽翡翠的問句。

「我說，這是哪門子的小蜜蜂？還有……往這跑！」翡翠可不想和一群巨蜂硬碰硬。

如果只有一隻的話他願意試試，然後還能嚐嚐烤蜜蜂的味道，蛋白質感覺會超級豐富。但一群的話還是免了，他又不是想不開。

「那裡不行，往這裡。」桑回轉瞬判斷出局勢，他選了一條更安全的路線。

翡翠挑的那邊長著不少棕紅色枯草，也代表沿路很可能會出現沼澤。

桑回看似病瘦，手勁卻比預想的大。他蒼白的大手就像鐵鉗般抓住了翡翠的手臂，沒有忘記斯利斐爾先前的交代，把人往自己身邊一帶。

這名綠髮妖精弱小可憐又無助……眞神在上，請原諒他實在看不出來，但他是個信守承諾的好殺手。

翡翠沒有分神留意斯利斐爾的狀況，他知道對方的安全絕對是無虞的，並且也絕不會和他分散，畢竟他們可是綁定買一送一還不拆售。

「主人，有一隻追來了。」斯利斐爾緊跟在翡翠身側，幫忙觀察後方動靜。

「只有一隻？」

「其餘的似乎在觀望。」

「方位。」說話的人換成桑回。

斯利斐爾瞇細眼，紅棕色的眼珠像冷硬的寶石，倒映出蜂系魔物的身影，「右後方三十度，高度和你的肩膀平齊。」

斯利斐爾話聲方落，桑回就有了動作。

砂金髮色的男人迅雷不及掩耳地從懷裡抽出一枝筆刀，頭也不回地往斯利斐爾報出的方位疾射而出，精準沒入小蜜蜂的頭部。

小蜜蜂當場像被剪斷引線的木偶，「啪」地摔落在黑土上，背上的透明翅膀顫動幾下後，就僵直不動。

這一幕似乎成功嚇阻了其他小蜜蜂，蜂群沒再貿然逼近，而是停留在原地。那些高高低低的振翅聲匯集在一起，宛如一首詭異的交響樂章。

桑回事後回想起來，覺得那樂曲如果有個名字，肯定就叫作——

不幸。

第4章

翡翠等人好不容易擺脫巨型蜂獸，下一刻迎接他們的卻是一座隱匿黑沼。一腳踏下之際，桑回就知道事情不妙了。

明明他都選了理應安全的路線，也確認過這裡並沒有那些不明的棕紅色枯草，可沒想到，竟還有一個被落葉及灰褐色苔蘚掩蓋的闃黑沼澤，生生橫阻在他們的路上。

偏偏往前衝的身體已經來不及收勢，來到嘴邊的警告還沒衝出口，只落後他一步的翡翠也陷入同樣窘境。

要不是斯利斐爾先拖住翡翠，翡翠再用法杖勾住桑回，只怕三人都要一身泥濘。

但翡翠和桑回還是弄濕下半身了。

「您可真髒，請別離在下太近。」斯利斐爾充分地展現出他的潔癖，以及對主人的嫌棄。

翡翠的回應是直接撲過去，不客氣地把污泥使勁往斯利斐爾身上蹭。

「主人！」斯利斐爾的語氣聽起來像要準備弒主了。

「我們往……往這邊走。」桑回沒在意身上的泥巴，殺手就是要對任何突發狀況保持冷靜地看待。他緩緩吐息，不讓呼吸紊亂，以免無意間吸入更多瘴氣，「但是眞奇怪……以前來這的時候，都沒碰過這種意外。」

「意外嘛，人生總是會讓人意外的。」翡翠露出乖巧的笑容，順手再將一把污泥抹到斯利斐爾的外衣上。

礙於桑回在場，斯利斐爾無法動用力量抹消沾到的髒污，只能被迫暫時忍耐，全身散發生人勿近的森冷氣息。

「也是，接下來該不會再出什麼問題了。」桑回此時尚不清楚自己有多天眞，「再來我們就往……我好像還不知道你們想往哪邊走，又打算將哪裡當成目的地。」

「認眞說起來，沒特別的目的地。我們進來這裡，是想幫朋友找回東西的。」翡翠沒隱瞞，但也沒把詳情全說出來，「他不小心弄丟了一個叫作浦島太雞的收藏品。」

「浦……什麼？」

「浦島太雞。」

「聽起來像新品種的雞，是活的嗎？」

「不是，是一個玉雕，大概這麼大。」翡翠比了一個大小，「外觀是一隻小雞踩在一隻烏龜身上，小雞還做著漁夫的打扮。」

「聽起來像一隻雞在霸凌烏龜……你朋友收藏的品味挺獨特的。按照約定……咳咳咳咳，我會陪你們一天，然後就離開去做自己的事。我猜你們會需要一個過夜的地方，我以前來這時曾經過一處廢墟，就在林子東側，你們可以在那將就一下。」

「桑回，你可眞是一個好人。」

「我是一個好殺……咳咳咳咳、咳咳……咳哇啊啊啊！」桑回的咳嗽聲驀然拔成驚嚇的喊聲。他一不留神絆到了突出的樹根，樹根附近的苔蘚還意外地密集，讓他正想穩住身子時，卻反倒打滑往前撲。

如果僅僅是跌倒在地就算了，可誰也沒想到正前方有個凹陷的坑洞。由於爬繞在地面的植物形成了視覺死角，使人防不勝防，也讓重心不穩的桑回錯失反應先機，只能反射性往旁抓住任何可以穩住他的物體。

然後，翡翠跟著被抓下去了。

斯利斐爾低頭俯視坑裡的精靈王，紅瞳與紫眸沉默地對視片刻，不約而同地在彼此眼中看見相同的想法——壞運的威力，果然不同凡響。

桑回自然不知道兩位臨時同伴心中的念頭，他小口小口地喘著氣，覺得事情一定有哪裡不對勁。

他敢用自己的殺手生涯發誓，黑沼林之行真的不該那麼一波三折的。在他過往的記憶裡，這是一座有點陰森、陰暗、陰涼，但離危險還有一大段距離的森林。

然而他們入林不久，就碰到平時總是躲起來的小蜜蜂，又踩進沼澤裡，掉進坑裡。

都那麼倒楣了，再來總不會還有更多意外發生吧……

事實殘酷地告訴桑回，就是會。

繼蜂群、沼澤、坑洞之後，他們接下來的路途依舊多災多難。

先是走在樹下被突然落下的眾多果實砸到腦袋。

接著是再度遇上蜂群。

不過這次是體型與名字相符的小紅蜂，只有指頭大小，卻會從口器裡噴吐出細針。

由於翡翠一時手賤挖了人家的蜂蜜，引得對方瘋狂追逐，差點沒叮得他們滿頭包。

隨後上方雷聲轟隆，一聲比一聲猛烈，本來就被枝葉遮蔽的密林霎時能見度大減，風雨欲來的氣息強烈地席捲林中各處。

桑回嗅得出空氣裡的濕度增加了，加上天空不斷作響的雷鳴，很明顯，這是即將迎來一場暴雨的前奏。

「不是吧……」桑回喃喃地說，手指無意識攏緊仍帶有水氣的大衣，「又要下雨？我看華格那週報的天氣專欄明明說這幾天是大晴天的，不然我也不會選這日子出門。」

「如果再淋一次雨，你還跑得動嗎？」翡翠想起桑回被大衣壓垮的事。

「當然不行。」桑回聲音病懨懨的，語氣倒是斬釘截鐵得很，顯然相當了解自己的身體，「我們必須加快速度。咳咳，按照我的記憶，那個廢墟就在不遠處，我們動作快一點應該能趕到那邊……咳咳咳，避雨。」

三人對視一眼，不由分說地同時加快了腳下速度。

在好幾次差點又因濃密的灰苔蘚滑倒後，桑回口中的廢墟終於出現在他們眼前。灰霧模糊了它的輪廓，但尚可隱約看出那是一座類似古堡的建築物，外圈被圍籬環繞。

缺失門扇的入口彷如一張在陰暗中張開的大嘴，靜靜地等候無知獵物上門。

憑靠著先前的記憶，桑回一馬當先，帶領著翡翠和斯利斐爾穿過了廣闊的庭園。園裡的石板道早就被雜草掩埋，涼亭柱子圮倒，亭蓋上爬繞枯藤。

但令人吃驚的是，這片看似荒廢的園子裡竟栽種著無數的玫瑰。熱情奔放的鮮紅色匯聚一塊，像是火焰將古堡包圍住。

雷鳴聲已近在耳畔，被雷雲佔據的天空隨時會砸下大雨，眾人無暇細想這座花園的古怪，一心加快步伐。

通往屋內的大門就在前方，桑回連忙伸出手臂，手指抵上門板奮力一推。

這一次運氣似乎站到了他們身邊，門扉被輕易地推開了，露出黑黝黝的缺口。

桑回腳步踉蹌地跌了進去，一整天的高強度負荷讓他病弱的身子快支撐不住。

「等等，主人。」

聽見斯利斐爾的喊聲，翡翠的步伐頓了下。他回過頭，看見對方嚴峻地說：

「永遠，不要小看壞運的威力，就算它即將結束也一樣。」

這剎那，豆大的雨滴暴烈地砸落下來，將與屋內只有一步之隔的翡翠淋得透心涼。

翡翠抹去臉上的雨水，一臉冷漠地看著同樣站在雨中，但不要臉地利用力量避開水珠的銀髮男人，心中只有兩個想法。

一，永遠，不要小看豬隊友的威力。

二，現在超級想要謀殺隊友，是馬上動手、馬上動手，還是馬上動手呢？

謀殺當然是沒有謀殺成功的。

退一萬步說，就算斯利斐爾再怎麼嘴毒刻薄欠人揍，但他的眞身畢竟是讓翡翠一見鍾情的絕世美鬆餅。

爲了愛情，翡翠決定還是忍了。

大不了他今晚睡前的時候，對著斯利斐爾深情款款地唸出《美味鬆餅的八十七種吃法》，來作爲對方的床邊故事。

他眞是一個貼心善良的好主人呢。

憤怒的情緒有了出口，翡翠心情很快穩定下來，當然這不影響他進屋前扔給斯利斐爾陰森森的一眼。

「好黑。」翡翠一走進室內，便發現裡頭伸手不見五指，就連桑回都沒看到。

「我這有日核礦，等我一下。」桑回的聲音從旁邊傳來。他和翡翠他們其實站得很近，只不過漆黑遮擋在他們之間，才讓人第一時間沒有察覺。

桑回在自己的背包裡摸索，裡面東西雜七雜八。還沒等他找到想要的物品，一片暗黑的室內倏然亮起了燈光。

先是一抹幽曳的光源晃動，緊接著是一盞盞燈接連亮起，轉眼就將所有黑暗驅散。

映入三人眼中的光景，讓他們第一時間便提高警戒。

一座荒廢的古堡不可能還有充足的照明，更別說翡翠他們此刻所待的大廳，竟布置得富麗堂皇。挑高的拱形天花板下是多座如繁花盛開的黑鐵吊燈，主要的光線來源就是出自於這。

這顯然是用來招待賓客用餐的廳堂，兩側各有一座樓梯通往二樓。階梯扶手雕刻著精細的花朵，嬌艷欲滴的鮮紅玫瑰一路往上攀纏，樓梯中間鋪設繡紋華麗的暗色地毯。

大廳裡家具完善，沒有一絲損壞痕跡。用餐長桌上擺置著鮮花和黃銅燭台，溫暖的燭火在眾人眼前閃爍，桌邊立著一張張高椅背的椅子。

凡是眼所能及的景象裡，絲毫看不出這地方曾遭時光遺棄。

這絕對不是一個廢墟應該有的模樣。

「怎麼回事?你不是說這裡是廢墟嗎?」翡翠抽出雙生杖，眼觀四方。

「半年前的確還是。」桑回攢緊筆刀，燈光將他的臉龐映得愈發陰森蒼白。

「有人來了。」斯利斐爾低低地說。

幾乎在他提醒的下一秒，一道輕柔悅耳的女聲驟然打破了一室的沉凝氣氛。

「哎呀，我聽見樓下有聲音，還以爲是錯覺……原來眞的有人呢。」

隨著女聲的響起，一抹窈窕曼妙的人影帶著一襲香氣出現在左側樓梯上方。

那是一名年輕的女子，一頭棕髮深淺交錯，有如波浪般垂散至小腿肚的位置，末端還以小巧的碧綠葉片作爲髮上的裝飾；皮膚呈現健康的麥色，一雙緋紅的眸子閃耀著明亮的光采。

女子第一眼就注意到翡翠等人的狼狽。

經過一天倒楣的連串折騰，不論是翡翠或桑回的外表都變得髒兮兮的，身上幾乎找不到幾處乾淨的地方。

尤其翡翠從頭到腳都還滴著水，一下就將腳下的地毯染出一小塊的深色水漬。

三人中唯有斯利斐爾仍保持一身乾爽，但外套上也散布著翡翠洩恨抹上的泥巴。

女子側耳傾聽，才發覺原來屋外下起大雨，三人會闖進這兒的原因頓時一目瞭然。

「你們是進來這裡躲雨的嗎？我這裡好久沒有外人前來了。」

「擅自闖入很抱歉，我們原本以為這裡沒人在的……咳咳咳……」驀然竄上的癢意打斷了桑回的話聲。

「沒關係，你們也是爲了躲雨嘛。這裡是我家，入夜的黑沼林不太安全，你們儘管安心地待在這吧。」女子眉眼彎彎，展現出和善的態度，「能有客人上門拜訪我也很高興，我是羅娜絲。」

「但這裡以前不是廢墟嗎？」翡翠疑惑地問道。

「你眞好看啊，我最喜歡好看的人了。」羅娜絲緩緩從樓梯上走下，那股淡香也越發明顯，彷彿與生俱來。她走起路來沒有發出丁點聲音，也難怪方才翡翠和桑回沒注意到她的出現。

「謝謝，我也覺得我長得很好看。」翡翠摸著自己的臉，腳下卻是不著痕跡地往後挪動幾分。

不能怪他生起防衛意識，畢竟上一回說過類似話語的人，差點把他做成標本，囚禁在豪宅裡。

「看樣子你以前曾來過這呢，不然也不會那麼清楚。」羅娜絲的笑容明媚嬌艷，就像樓梯扶手上盛綻的紅玫瑰，「你說的沒錯，這裡的確荒廢許久了。雖然從半年前就開始替這裡修整，但這城堡真的太大，所以目前只有前館這邊弄得差不多……其他地方仍是維持原來的樣子，依舊沒辦法住人。」

「妳住這裡？但黑沼林裡的瘴氣……」桑回驚訝地看著自稱是古堡主人的羅娜絲。

「瘴氣進不來我的住處的，晚點我可以解釋。不過現在，你們看起來非常需要食物和休息。」羅娜絲朝翡翠他們眨了下眼睛，眉眼盛載的是狡黠和善意，「我讓人帶你們先去樓上房間安頓一下，然後你們就能下來享受熱騰騰的美食了。」

羅娜絲拍拍手，緊接著就見到兩名僕役打扮的人從內側的門後走出。他們臉上戴著半截面具，遮住了上半部的面貌，只露出兩隻眼睛。

其中一名男僕走起路來有點一跛一跛，似乎是左腳受過傷，但行走間卻是無聲無息。沒有被面具遮住的半張臉上，有著一道顯著暗紅傷疤，似乎曾被銳物狠狠劃穿。

桑回的目光不明顯地在那抹沉默的身影上打轉，一瞬又收回，快得沒讓人察覺到。

在僕人的帶領下，翡翠他們暫且壓下內心的疑惑，跟隨對方前往二樓客房。

原本安排的房間有三間，但斯利斐爾自然是跟翡翠住一起的。

桑回多看了這對儼然是連體嬰的主僕幾眼，便若有所思地縮回自己的房內。

斯利斐爾將房門關上，他一彈指，不論是自己或翡翠身上的髒污，都在剎那間消失得不留痕跡，還給兩人乾淨清爽的一身。

「幹得好，但我還是不會原諒你的。」翡翠可沒忘記先前的淋雨之仇，對於睡前為斯利斐爾唸床邊故事，他可是躍躍欲試。

斯利斐爾微微蹙眉，莫名感到頸後竄上一陣寒意，像有冷風吹過。

「沒想到在黑沼林裡還能找到這麼一個地方，能有床睡實在太棒了。」翡翠把背包裡的金蛋倒出來，檢查它們是否有受到損傷。

幸好三顆蛋都安然無事，金燦燦的蛋殼連一點磨損都沒有。

翡翠挨個將三顆蛋都親了一遍，再把它們鄭重地收回背包裡。等等還要下樓，他可不放心將它們孤伶伶地留在房裡。

「您非得這樣對您的子民？」斯利斐爾有意見。

「這樣？哪樣？」翡翠想了想，「你說親它們嗎？不是你說要愛它們、守護它們、照顧它們，我在展現王對子民的愛意呀。」

「請恕在下直言，在下只感受到您對它們的強烈食欲。」斯利斐爾冷漠地揭穿眞相，「您口水都快滴出來了。」

「放心、放心，它們那麼硬，我再怎樣也不會不小心把它們吃掉的。」翡翠環視一圈這間他們暫住的房間。他走至窗前，雨水和昏暗的天色模糊了外邊的景色，只能大致瞧見外頭好像是另一座花園，再遠一些就看不清楚了，「你覺得這地方怎樣？」

「不管怎樣，您都已經走進來了。」

「我這不是抱著既來之，則安之的想法嗎？」

「在下認爲您只是抱持著不吃白不吃的想法。」

「你自己都說了，不吃白不吃嘛。而且進入黑沼林後幾乎沒吃東西，最多是趁桑回沒看見時嗑了一些晶幣……他應該是沒看到吧？唔，就算看到，他大概也會以爲那是什麼綠色點心之類的。」

「在下之前一直有件事想問。在下沒想到，您在那時會這麼直白地說出自己是殺手。您就不怕對此有偏見的人，反過來對您出手嗎？」

「不怕啊。」翡翠又摸了一枚晶幣出來，咬得卡卡作響，滋味仍然是難吃得令人大皺眉頭，「大不了就趁他病、要他命，殺他滅口囉。順便還能摸走他身上值錢的東西，我們的晶幣快吃得差不多了。」

想到目前所剩不多的財產，翡翠就忍不住想哀聲嘆氣，爲什麼精靈偏偏是這麼一個花錢的種族啊？

精靈生……眞是太難了！

不論精靈生有多難，翡翠說什麼都不會錯過一頓熱騰騰的晚餐。

那可是食物，比起晶幣肯定會好吃上許多倍的食物。

「吃完飯，然後住一晚，明天我們就離開這，去尋找浦島太雞和神奇蘿蔔的蹤影吧。」翡翠嘴上唸唸有詞，盤算著接下來的計畫。

「在下認爲您忘了一件最優先的事。」斯利斐爾伸手按住他準備打開的房門。

「晶幣吃了，也給金蛋愛的親親了，明天的行程也安排了。」翡翠扳著手指數，沒發現哪有遺漏，忽然間他想起一件事，「啊，還有你的床邊故事，我也都準備好了。」

「在下不需要那種無聊的東西。」斯利斐爾嚴正拒絕。

翡翠微笑，自動裝作沒聽見。讓他放棄報仇的機會，是、不、可、能、的。

斯利斐爾沒有入侵翡翠的意識，自然不會知道對方的小心眼，他冷肅地對翡翠耳提面命。

「雖說已經入夜，但誰知道壞運會不會來個臨時反撲。您待會下樓請留意腳步，以免不小心踩空，把自己弄得半殘。吃東西時也務必放慢速度，免得噎到嗆到。也別忽視來自四周的可能危險，說不定誰的手一滑，刀叉就剛好戳到您的身上。」

「我怎麼覺得你好像很期待這些事發生。」翡翠扔出一枚白眼。

「您的錯覺。」斯利斐爾正氣凜然地回應。

翡翠也沒在這個話題上爭論，只開門往外走，順便衝著身後的斯利斐爾比出中指。

剛下樓，翡翠二人就看見羅娜絲已笑吟吟地坐在主位，但不見桑回的身影。

壁爐重新燒起柴火，將大廳空氣烘得乾燥溫暖，伴隨著淡淡怡人的香氣，讓人忍不住放鬆身心。先前只擺放鮮花和燭台的長桌上，如今滿是豐盛的食物。

炸得外酥內軟的馬鈴薯條；表皮烤得金黃酥脆、滲出豐富油脂的烤雞，大瓷盤周邊綴著一球球鮮翠的蔬菜泥；圓形餐包、山形吐司和切成片的刺麥麵包，一旁附有香滑的奶油和三種不同口味的果醬；漂著細碎香料，熬得濃稠的蕈菇南瓜濃湯，上面還淋了一圈圈奶白調醬；顏色繽紛的生菜塞在大大的玻璃碗裡，有如一座花團錦簇的小花園。

一道道料理一字排開，色香味俱全，看得本就餓了的翡翠更是飢腸轆轆，好似都能聽見自己的肚子裡傳來咕嚕咕嚕的聲響。

「桑回，和我同行的那位……」翡翠總算還記得問一聲。

「啊，他說他想要先睡一覺，就不參加今晚的晚餐了。不過我有請僕人先送點吃的過去，也可以墊墊肚子。」羅娜絲站起身，親切地朝翡翠和斯利斐爾招呼，「臨時請廚房準備了這些食物，可能不是很多，倘若不夠的話，我再……」

「不不不，已經很多了。」翡翠衷心地說，「真的非常感謝妳的熱情招待。」

「請坐下吧。」羅娜絲笑著說，「我這好久沒這麼熱鬧了，我很開心。」

兩名戴著半截面具的男僕安靜上前，替翡翠和斯利斐爾拉開了椅子。他們桌前擺放著細長的高腳杯，杯裡是冒著細小氣泡的淡金色調酒，就像盛接了一泓月光在裡面。

雖然羅娜絲表示他們可以邊吃邊聊，但她也沒立即就開口，而是先讓翡翠等人好好地享受晚餐。等到眾人吃得差不多了，才再度打開話匣子。

「方才忘記先問了，該怎麼稱呼你們比較好呢？」羅娜絲托著腮，在燈光的照耀下，緋紅的眼眸看起來溫暖又開朗。

「我是翡翠，這是斯利斐爾。」翡翠指指自己，再指指一旁的銀髮男人。

「翡翠，我有幸知道你的全名嗎？」羅娜絲對美人特別關注，熱情洋溢的視線專注地落在翡翠臉上。

「我的全名太長了，妳直接喊我翡翠就行。」翡翠一本正經地說道。他的全名起碼有一百字，組合起來堪稱是一份菜單大全。

重點是，他到現在還沒全部背起，但說出去也太沒面子了。

羅娜絲也不介意，只以為面前的綠髮青年不願向他人透露太多有關自身的情報。

「你們怎麼會進來黑沼林的？外面的人都覺得這地方挺嚇人，平時能繞開就繞開呢。」羅娜絲咯咯笑道。

「那羅娜絲小姐呢？」翡翠好奇地眨巴著眼，將問題靈巧地拋了回去，「這裡有瘴氣，聽說待久了不好。但妳從半年前……」

「你想問，我怎麼有辦法好好地住在這裡是嗎？」羅娜絲一聽就明白，她伸手從離自己最近的花飾中抽出一朵花，對著翡翠他們笑了笑，「因爲丹紅玫瑰啊。」

「丹紅……玫瑰？」翡翠咀嚼著這個陌生的花名。

「是我們家族培育出來的新品種玫瑰，市面上很少見。所以我們以前才能住在這裡。」羅娜絲示意靜立在旁的僕人將花傳遞給翡翠他們，「你們進來時應該有看見吧，我的玫瑰園。」

那是一朵明艷且香氣宜人的紅玫瑰，只不過花瓣顏色卻不是單一的紅。接近花芯處的色彩最淡，再一路轉深直到花瓣邊緣，遠看好似一朵燃燒的火焰。

如此美麗又嬌弱的花朵，居然有辦法阻擋瘴氣嗎？

羅娜絲又抽了一朵丹紅玫瑰出來，柔嫩的指尖戳戳花瓣，「它們會吸收瘴氣，因此只要在外邊種上許多丹紅玫瑰，就不用擔心那些灰色的霧氣會跑進屋內。當然，花的數量要極多才能發揮最好的效果。」

翡翠只好打消當採花賊的主意。他本來打算明早離開時，順便偷摸一朵帶在身上。

可惜一朵發揮不了作用，沒辦法阻止瘴氣的靠近……等等。

不能阻止瘴氣，但還是可以在更適合的地方發光發熱啊，例如他的肚子裡面！

斯利斐爾一瞥見翡翠眼底驟然亮起的光，就猜得出對方在打什麼主意了。

「它們可是專門吸收瘴氣用的。」斯利斐爾平淡地提醒。

聽在別人耳中，只會以爲斯利斐爾在重述丹紅玫瑰的功能。

但翡翠明白，這是在告訴他，那花裡可是累積了許多毒素。就好比是蔬菜施加了過多的農藥，大大地降低了他的食欲。

「羅娜絲小姐，照妳的說法，妳是後來才又搬回黑沼林的？」翡翠喝了一口溫和清爽的香檳酒，「雖說丹紅玫瑰能夠吸收瘴氣，但是這裡畢竟荒涼偏僻……」

「不只我一人，還有我戀人……」羅娜絲的臉上忽然染現紅暈，流露出幾分小女人的嬌態，「這是我和我戀人的家，爲了他，我要好好地守護這裡。這樣等他醒來後，就能夠看見一個最棒、最溫暖的地方。」

翡翠和斯利斐爾沒有漏聽「醒來」這個字眼，但誰也沒有再深入地問下去。

翡翠擱在桌上的手指若有所思地點了點。

從羅娜絲透露出的訊息中能夠得知，這座古堡的主人有兩位，一位是她，一位則因某種緣故陷入沉眠；然後還有僕人若干名，平時則鮮少有人上門。

這裡就像是自成一個遺世獨立的小小世界。

古堡外的雨聲不知不覺停歇，大廳內的壁爐偶爾冒出火星爆開的聲響。

羅娜絲就像是從對戀人的回想中猛地拉回神智，歉意地向翡翠他們笑了笑，「不好意思，你們應該也累了，就不佔著你們的時間，趕緊上樓休息吧。」

「謝謝妳的招待，食物真的相當美味。」

「不用客氣，我也很高興有人能陪我說說話。」

棕髮紅眼的女子站在樓梯下，目送著翡翠他們上樓。逐漸暗下的廳內燈光彷彿也要將她明艷的面容吞沒，她的聲音輕柔地飄盪，像輕輕拂過的晚風。

「晚安，祝你們有一個好夢。」

隱藏於民間的暗殺武器，
名列文青掛殺手最愛武器前三名！

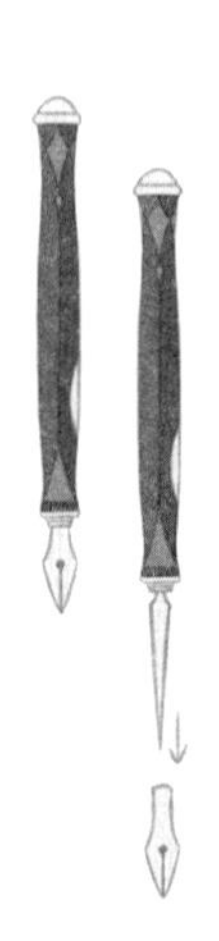

☆桑回的武器・筆刀☆
它主人是個病弱的……殺手；
文青偽裝力+100，異常鋒銳！

第5章

天剛破曉，一陣尖長的雞鳴打破了古堡的寧靜。

同時也驚醒床上的翡翠。

「我的烤雞！」翡翠反射性從床墊上彈坐起來，睜大的眼睛裡還殘留著朦朧睡意。緊接著他用力眨眨眼，回復清明的紫眸飛快掃視四周，「我的烤雞呢？」

「在您的夢裡。」斯利斐爾對應付翡翠無理的要求顯然變得駕輕就熟，直接給予了冷酷的打擊。

「什麼啊……原來是夢嗎？」翡翠揉揉眼睛，打了一個長長的哈欠，「爲什麼古堡裡會有雞叫啊……這裡有養雞嗎？不知道一早聽見公雞叫，會讓人特別想吃烤雞、炸雞、三杯雞、燒酒雞、口水雞……」

斯利斐爾俐落地將晶幣塞入那張喋喋不休的嘴裡，打斷那似乎沒完沒了的菜單。

一早起來就得被迫吃進像苦瓜青草跟雜七雜八混合體的晶幣，翡翠瞳孔劇烈收縮，

身體一震，隨後又軟綿綿地倒回床鋪。

「我死了……」他氣若游絲地說，「沒有絕世美鬆餅的安慰起不來。」

「別擔心，才這麼一點打擊您死不了的。」斯利斐爾無動於衷，手段粗暴地拎起倒在床上的綠髮青年，「快去把自己打理好，精靈王的美貌是絕對不能減損絲毫的。」

「你好囉嗦啊。」翡翠卡卡地咬著嘴裡的晶幣，雙腳依然聽話地移動。畢竟他對自己的這張臉也很愛惜，誰不喜歡美麗的東西呢？

整裝完畢，翡翠走到窗前，將玻璃窗往外推開。撲面而來的是涼冷的空氣，窗外景象此刻盡收眼底。

呈現魚肚白的天空底下，是大片紅艷艷的玫瑰花園。再遠一點便是黑沼林那些爬滿灰色苔蘚的樹木，淡灰霧氣止步不前，就好像古堡四周有一層看不見的防護罩。

翡翠想到羅娜絲昨天說過，丹紅玫瑰能夠吸收瘴氣。

「不知道能不能跟她要一朵花帶回去？白薔薇說灰罌粟喜歡古怪的植物，當作之前蹭甜點的回禮應該不錯吧。」

「真讓在下吃驚，您居然會懂得要事先詢問主人？」

「這可是基本禮貌、基本禮貌啊，你把我當成什麼了？我是那麼無禮的人嗎？我當然懂得問過再取。」

斯利斐爾哼笑一聲。別以爲他聽不出來，那句話的全意恐怕是……問過，不管答不答應他就直接取了。

「走吧。」翡翠推開房門，下意識看了下隔壁房間，沒聽見什麼動靜，「也不知道桑回起來了沒有……」

但翡翠也只是想想，沒打算上前敲門。他們只是爲期一天的同伴，況且他也和桑回交換過聯絡方式了。

等桑回處理完自己的事情，會將馬車賠償費寄到塔爾的夏朵旅館。

翡翠心裡更記掛的是養在古堡某處的那隻雞。就算是別人家的，要走之前看看牠，也能讓他過過吃烤雞的乾癮。

「烤雞又香又好吃啊……突然也想念起香雞排了怎麼辦？」翡翠努力使口水不要冒得太氾濫，和斯利斐爾一前一後地走下樓梯。

只見羅娜絲抱著一隻金棕色的虎斑大貓坐在長桌前，周圍仍飄繞著淡淡香氣。她眉眼低垂，一下一下溫柔地撫摸貓咪的皮毛，絲毫沒察覺到翡翠他們的到來。

直到她端起桌上的茶杯，杯緣剛觸碰到唇邊，視線也順勢抬了起來，映入樓梯上的兩道人影。

「你……你們！」羅娜絲瞪大了眼，手指無意識鬆放開，手中茶杯登時摔落，深色液體傾倒在她的裙子上，接著杯了摔至地面，「你們爲什麼……」

小瓷杯應聲碎成好幾片。

被撫摸得昏昏欲睡的貓像受到驚嚇，霍地瞪圓了金棕色的眼珠，喵的一聲從羅娜絲懷中跳下，跑到了角落蹲著。

羅娜絲像是沒注意到發生在身邊的動靜，無視身上的一片茶漬，她陡然站起身，嬌艷的面孔掩不住震驚的情緒，目光緊緊鎖在拾階而下的兩人身上。

她看起來就像沒預料到翡翠和斯利斐爾會在這時候出現。

「早……安？」羅娜絲的表情實在太奇怪了，讓翡翠原本輕快的語氣也染上一絲不確定。

「早、早安……」羅娜絲很快收起驚愕，重新展露一抹明麗的笑容，「你們起得眞早呢，是今天要離開嗎？不介意的話要不要多留幾天？」

「謝謝妳的好意。」翡翠回予微笑，同時也確定不是自己多心，羅娜絲探究的目光仍不時往他們身上飄來。

是覺得他們有什麼異常的地方嗎？又或者是……覺得他們不該出現在這裡？

翡翠敢肯定他們兩人沒有任何變化，那如果是後一個可能的話……爲什麼？爲什麼羅娜絲會認爲他們不該出現？

諸多揣測在腦中閃過，翡翠臉上卻沒有洩露異樣，就好像羅娜絲剛才的不對勁不曾發生。

但羅娜絲主動解釋了，「不好意思，因爲我的僕人告訴我，昨晚的客人一大早就走了，所以剛剛看見你們的時候，才會有點吃驚。」

說到昨晚的客人，翡翠立刻就想到桑回，「桑回已經離開了嗎？」

「眞巧，我的這隻貓也叫小桑呢。」羅娜絲朝牆角處勾勾手指，蹲在那邊的金棕大貓幾個跳步便重回到她的懷抱中，腦袋溫馴地蹭著她的胸前。

「啊，眞的挺巧的。」翡翠看到貓就有想擼一把貓毛的衝動，「請問我可以摸嗎？」

「這……小桑比較排斥陌生人……」羅娜絲為難地說。

「沒關係、沒關係。」翡翠搖搖手，「對了，你們這是不是有養雞？我早上好像有聽見公雞叫。」

「那也是我的寵物，牠是一隻漂亮的藍羽長尾雞呢。」一提起自己的寵物，羅娜絲就控制不住滿心的興奮和喜悅，「鳥類我養得不多，主要還是以毛茸茸的動物為主。像貓啊、狗啊、羊啊、狐狸啊、小老虎、小獅子、小豹子啊……這些我都有，牠們都好可愛喔！」

「妳的寵物眞不少呢。」

「對啊對啊，我最喜歡毛茸茸的動物了嘛！而且這裡又寬敞，養再多都沒關係。」羅娜絲將大貓抱得更緊，笑靨如花，「不過我最近又想再養一隻寵物鳥了，藍色的藍羽長尾雞很漂亮，如果再加上一隻綠色的珍珠碧雉和牠作伴，相信牠也會很開心的。」

「好吃嗎？」

「咦？」

「噢，我是說……牠眞的很漂亮嗎？」翡翠若無其事，彷彿剛不小心跑出眞心話的人不是他。

「非常漂亮，尤其是珍珠碧雉的尾巴。那碧綠色的羽毛美得令人過目難忘，就像翡翠你的頭髮一樣呢。」羅娜絲熾熱的眼神緊緊盯住了翡翠的綠色髮絲。

翡翠頓時覺得後頸豎起寒毛，眞怕羅娜絲一個克制不住，先揪他幾縷頭髮拿來欣賞。他連忙和羅娜絲道別，將對方的挽留聲遺留在身後，速度飛快地與斯利斐爾走出這座古堡。

一踏出玫瑰花園，淡灰色的霧氣又重新糾纏上來。

那些淡灰的霧氣在林木間徘徊不去，蜿蜿蜒蜒，就像一條條灰色的小河。

翡翠回過頭，在轉亮的天幕下打量昨日住宿一夜的古堡。沒了漆黑夜色的遮蔽，可以清楚瞧見它的輪廓。

鮮艷的紅玫瑰猶如守護古堡的衛兵，將佔地廣大的建築物群圈圍其中，嚴防瘴氣的靠近。

「您在看什麼？」斯利斐爾催促著翡翠的腳步。

「看那座城堡裡的食物眞好吃。」翡翠懷念昨晚的美味，「所以藍羽長尾雞和珍珠碧雉好吃嗎？啊，我剛應該多留一會，蹭完早餐再走的……斯利斐爾，你覺得我們再掉頭回去……」

「您該去找蘿蔔了。」斯利斐爾宣布結束這個話題。

「說到蘿蔔……」翡翠登時又重新提起精神。

烤雞的確很棒，但千萬也不要小看蘿蔔的營養價值。尤其它還充滿纖維，能夠幫助腸胃蠕動，可以讓他成爲一個健康又不便祕的精靈王。

蘿蔔排骨湯、蘿蔔糕、泡菜蘿蔔、醃蘿蔔、蘿蔔絲餅……不行再想下去了，不然口水就要流下來。

「走走走，我們快走吧。」翡翠連忙掐斷腦內想像，免得口水流出來有失形象。

他的信條一向是心動不如馬上行動，他率先越過斯利斐爾，一頭栽入灰霧瀰漫的密林當中，展開尋找蘿蔔的大業。

世界任務裡需要找到的神奇蘿蔔——正確學名是蘿蔔．蘿蔔．蘿蔔——雖然在南大陸數量極爲稀少，至今已罕有人見到它們的存在，但它喜歡濕潤陰暗的環境，含水量極高的黑澤土更是它的最愛，因此在黑沼林中說不定還能發現到它的蹤影。

翡翠拿出黑沼林的簡略地圖，打算從日照最少、樹木也生長得最爲密集的南方深處著手，如果路上能順便發現浦島太雞的線索就更好了。

沒了昨天壞運的干擾，今天翡翠二人行動相當順利。一路走來不但沒碰上半隻魔物，也沒被樹根絆倒、摔到坑裡、跌入沼澤裡，更沒有無端被落下的果子砸了滿頭包。

翡翠必須說，和昨天比較起來，今天的待遇簡直就是天堂。

但路途平靜雖然是好事，卻同時也代表著沒有任何值得注意的發現。

眼看他們都快走了半天，依然一無所獲。別說是神奇蘿蔔的行蹤，就連普通的白蘿蔔都沒有看見。

翡翠重新將所有關於神奇蘿蔔的資料在腦中過濾一遍，他想了想，恐怕該是使出鐵手鐧的時候了。

「斯利斐爾。」他忽地停下腳步，一臉嚴肅地看著對方，「你說過你可以改變外貌，除了那個好吃美味、讓人流口水的厚鬆餅之外。」

「在下不會爲了您變成羊排或烤雞。」斯利斐爾冷漠地說。

「也就是說眞的能變啊，拜託之後務必變給我看。」發覺不小心離題，翡翠趕緊清清喉嚨，回到正事上面，「那變成小女生呢？要穿裙子的。」

「您眞是變態。」

「不，我這樣哪裡變態了？我對小女生沒有任何想法的。小女生能吃嗎？能塡飽肚子嗎？能給我食欲上的滿足嗎？」

「您這樣感覺更變態了。」

「你別岔開重點。問你一句，你會不會？會的話就馬上變一下，這是爲了我們的世界任務。」

事關世界任務，斯利斐爾果然願意多分出一絲耐心。

「您打算怎麼做？聽起來您已經有了計畫，在下洗耳恭聽。」

「很簡單。」翡翠一彈手指，「我們都來到神奇蘿蔔適合生長的環境了，假如它眞的在這裡，我們就引誘它主動出來。」

「所以？」

「資料上不是說了嗎，神奇蘿蔔喜歡掀小女生裙子或偷摸她們屁股。既然如此……」

「主人。」斯利斐爾忽然打斷翡翠的話，「您是羅謝貞神僅存的希望。」

「所以？」

「所以在下打從心裡希望……」斯利斐爾的語氣難得溫和，然而眼睛卻完全沒有笑意，「您不要逼得在下弒主。」

翡翠安靜幾秒，接著遺憾地拉長尾音，「好吧、好吧……要不是我不行，我也不會打你主意，畢竟你可是我的寶貝。或者你能把我變成小女生的樣子？」

翡翠是真的不介意犧牲一點色相來吸引神奇蘿蔔上勾，和蘿蔔湯、蘿蔔糕、蘿蔔絲餅的美好相比，這真的不算什麼。

這次換斯利斐爾沉默地注視翡翠幾秒，然後他二話不說邁步就走，態度明確地表示，他不跟智障說話。

翡翠攤攤手，覺得這就是雙重標準。

當初都還想讓他穿上女性內衣褲呢，現在只是要求變個穿小裙子的小女生，居然就嫌棄得不行？

算了，不行就不行吧。就希望神奇蘿蔔能夠欣賞成年精靈的美，願意自投羅網。

想像是豐滿的，現實卻總是骨感的。

翡翠他們在黑沼林中又走了好一會，可依舊徒勞無功。沿路所見除了樹木還是樹木，除了灰霧還是灰霧，他們就像陷入一個走不出的循環裡。

這灰沉沉的壓抑景色，看得翡翠都覺得審美疲勞了。他乾脆拿出他的雙生杖，就算不能眞的咬上一口，但起碼這支拐杖糖還能看著解解饞，改變一下心情。

就在翡翠以爲今天恐怕要虛度過去的時候，一道不尋常的聲響打破了這片宛若要凝固的死寂。

翡翠耳尖顫動，迅速鎖定聲音傳來的方向，同時判斷出來那是一道驚慌的喊叫聲，還是複數型式的。

有人碰上麻煩了！

「那邊肯定發生什麼事情，我們去看看，說不定能打聽到蘿蔔或那個浦島太雞的消息。」翡翠健步如飛，即刻朝著尖叫來源迅速接近。

斯利斐爾矯健跟上，如同翡翠最忠實的一抹影子。

隨著距離越發拉近，翡翠還注意到更多細節。他聞到一股腥臭味，那些喊聲裡還混著一道類似獸類的低吼。

他眼神一凜，當機立斷地縱躍至樹上，改踩著粗壯結實的樹枝前進。

很快地，翡翠來到騷動上方。他蹲下身，藉由枝葉空隙謹慎地觀察底下動靜。

樹下的三人正與一隻魔物對戰，可縱使他們有三個人，仍能清楚看出來他們屈居於下風。

從那三人的打扮看來，兩個是劍士，唯一的一名嬌小女性則是法師。

但理應採取遠程攻擊的紅髮女法師，卻是不顧安全距離，拚命主動上前，那股執著勁簡直像巴不得把自己送進魔物的嘴裡。

這反常的舉動讓翡翠忍不住多看幾眼，然後他看出了一些端倪。

將三人逼到險境的是一隻蛇系魔物，直立起來的半身就有一人高，連尾巴一併算進去，全長估測有六、七公尺。牠的鱗片是詭異的紫黑色，體寬則將近半公尺——如果只算對翡翠來說是脖子的那部分的話……

因爲脖子以上，赫然分出了三顆腦袋。

三顆同樣凶猛猙獰的蛇頭來勢洶洶，時不時朝三人展開突擊，有時還會冷不防從腥紅的口中吐出染著色彩的大泡泡。

一旦泡泡出現，三人便面露緊張，攻擊立刻變得束手束腳，由此足以看出泡泡必定蘊含著不容小覷的危險性。

但攫住翡翠目光的不是那些泡泡或大蛇的三顆頭，而是那鼓起、還呈現出一個明顯人形的蛇腹。

很顯然，這隻魔物剛吃了大餐，而這份大餐恐怕就是那三人的同伴。

「那隻是什麼？」為了避免打草驚蛇，翡翠改在腦內與斯利斐爾對話。

「三頭蛇。」斯利斐爾回應。

「我也知道牠有三顆頭，我是問那是什麼魔物……」翡翠忽地福至心靈，「牠該不會就叫作三頭蛇吧？」

「很高興您還聽得懂人話。」斯利斐爾輕推鏡片，眼裡閃過一瞬的欣慰。

知道了魔物名字，翡翠馬上在腦中的百科全書裡翻找相關介紹。隨著成串字符在他意識裡閃過，他的雙眼也越來越明亮。

三頭蛇，鱗片堅硬如鎧甲，還可以配合環境改變顏色，形成有如隱身的效果。速度極快，會自口中吐出大型泡泡，沾上便會帶來隨機負面效果。獠牙能注入毒液，使獵物麻痺，再將獵物吞進腹裡，慢慢以酸液消化。除了毒牙和泡泡之外，強韌如鋼鞭的尾巴也是三頭蛇強力的武器，同時亦是牠身上最美味之處。

翡翠覺得「最美味之處」應該要加粗加黑，並且放大數倍，最後再劃上重點線。

緊接著，翡翠又瞧見一個讓他心頭一顫的備註。

三頭蛇吐出的泡泡，居然是……居然是各式水果口味的！

翡翠摀著胸口，感覺自己要激動得昏過去，頭一次感謝起自己被賦予的特殊體質，不能自殘。

吃進毒藥也算是自殘的一種。換句話說，即使他吃了那些泡泡，身體也不會受到什麼損傷。

這真是……太幸福了！

「斯利斐爾。」他迫不及待地戳戳銀髮男人，「三頭蛇吐出的泡泡是不是有五種顏色？紅橙黃綠藍，它們各自代表哪種水果啊？」

「草莓、橘子、山梨、奇異果、藍……」斯利斐爾猛地意會到翡翠問題的含義。

「藍？藍莓嗎？」若說剛剛翡翠是眼睛發亮，那麼現在他的眼中就是聚滿了星星。

斯利斐爾直覺地湧上不祥預感，「您想要？難道說……！」

翡翠才不給人說完話的機會，搶在斯利斐爾一把強硬扣住自己之前，如同一條最滑溜的魚，轉瞬脫離了對方的掌握。

綠髮青年神采奕奕，從頭到腳到每一根髮絲都在強烈地傳達他的好心情。

水果味的泡泡吃到飽，他來了！

第6章

「佩琪小心！快往左邊退開！」一劍劈開飄至眼前的藍色泡泡，個頭最高的伊迪亞急急吼道。

聽見警告的嬌小女法師想也不想就往左側閃避，及時躲開猝然朝她逼來的一道黑影，但紮成五股辮的長髮卻沒逃脫被削斷的命運。

艷紅色的髮絲頓時縷縷飄下……

佩琪喘著氣，壓根沒想到三頭蛇竟會以蛇尾扭斷鋒銳的樹枝，當作偷襲武器使用。

「佩琪，妳沒事吧？」留著絡腮鬍的加爾罕關切地問道。

「沒事，我還好……」佩琪調整好呼吸，快速抽出一張寫滿密密麻麻文字的紙條貼上法杖。法杖的頂端忽地閃現白光，同時紙條也成了一片空白，「風系第一級初階魔法——風之刃！」

淡綠色的氣流瞬間匯集，然後朝著欲攻擊絡腮鬍男人的那顆蛇頭疾速衝出。

然而風之刃的速度快，三頭蛇的速度卻比它更快。

淡綠風刀沒有砍中目標，而是落到了一株爬滿灰苔的大樹上，在樹幹上留下一道斜長的切痕。

三頭蛇頓時像被徹底激怒，蟄伏在後方的蛇尾快如閃電地抽甩過來，帶著凌厲驚人的風壓，轉眼就要橫掃向三人的腰間。

眼看措手不及的三人就要血濺當場，說時遲、那時快——

「快、讓、開！」

伴隨著一道喊聲從天而降，一束泛著碧色光輝的長槍撕裂空氣，悍然刺下，將那條粗大的蛇尾牢牢釘在地面。

從樹上一躍而下的人正是翡翠。

綠髮青年的闖入就像一道驚雷落進戰場，讓原先混戰的三人一蛇都不禁愣怔幾秒。

這幾秒的時間對翡翠來說就很足夠發揮了。

紅色是草莓，橙色是橘子，黃色是山梨，綠色是奇異果，藍色是藍莓。

翡翠內心哼著水果之歌，決定不管哪一個，他通通都不會放過，絕對要打得那條三頭蛇把所有口味的泡泡都吐出一輪再說。

他迅雷不及掩耳地滑鏟欺近三頭蛇，抓住回到他手上又改變形態的雙生杖。

只不過片刻，色彩鮮艷的大拐杖糖便挾帶凶猛勁道，重重地戳上其中一顆蛇頭的頸部。

以翡翠的想像，那裡大概是類似人類喉嚨的位置。

被這麼猛烈一戳擊，左邊的蛇頭果然如翡翠期盼地出現了乾嘔反應，隨即一顆圓形的大泡泡從三頭蛇的嘴巴裡飛了出來。

是黃色的，山梨口味！

翡翠心花怒放，即刻從地上跳起，拐杖糖形態的法杖急急往前一勾，眼看就能帶著黃色大泡泡一同退到旁邊。

沒想到關鍵時刻，一把利刃毫不留情地戳破了泡泡。

那「啪」的一聲震響，猶如翡翠心碎的聲音。

「不！」翡翠發出傷心欲絕的吶喊，然後無情地遭受到斯利斐爾的鎮壓。

射出利刃、刺破泡泡的銀髮男人以著超乎想像的速度，將翡翠從三頭蛇的攻擊範圍裡拽扯出來。

這一連串動作都在瞬間完成，甚至讓對峙的三頭蛇和另外三人來不及反應。再一眨眼，斯利斐爾已抓著翡翠落足在戰圈之外。

翡翠恫嚇般衝著斯利斐爾亮出一口白牙，揮開他的箝制，抓著雙生杖再次竄出。

這一次，伊迪亞、加爾罕和佩琪終於意識到現場有人闖入了。

不管對方是何身分，此刻願意對三頭蛇出手的都是同伴！

「小心牠的尾巴！牠又要故技重施了！」伊迪亞立刻高聲提醒。

翡翠扭過頭，被刺穿一個洞仍威力十足的蛇尾，正飛也似地逼至他眼前。同一時間，三頭蛇的一顆腦袋也鎖定他的身影。

倘若閃避不及，迎接翡翠的不是身體被尖尖蛇尾洞穿，就是直接被一口吞進大張的口腔裡。

心念電轉間，翡翠的雙生杖再度起了變化，巨型拐杖糖消失，取而代之的是兩把碧色的長刀。

他的手腕迅速甩動，一把長刀「唰」地揚起，一截黑影也跟著高高飛起，呈拋物線落入不遠處的矮木叢中，鮮血從斷尾處嘩啦噴灑出來。

另一把長刀則挑了個刁鑽的角度，斜刺進蛇口的上顎處，刀尖深深捅刺進去；再抽出，朝著蛇頸凶暴俐落地揮下。

隨著高昂的蛇軀倒下，大股血液從切面流淌出來，滲入偏黑的土壤裡……

見危機解除，佩琪馬上扔開法杖，搶走伊迪亞的長劍，心急如焚地撲向了失去頭顱的魔物。

準確來說，是撲向突出一個人形輪廓的蛇腹。

佩琪將劍尖刺進蛇腹，使勁地往下割劃，一口氣剖開了沒有硬鱗保護的腹部，露出裡面的血肉模糊，以及一道隱隱可見的人影。

無視沾上一身的血污，紅髮女法師彎下身，雙手沒入蛇腹內，用力將那個被吞進去的人往外拖拽。

很快地，一名瘦小的娃娃臉男子被拖了出來。他雙眼緊閉，胸膛尚有微弱起伏，顯示出他還有一口氣。臉上、身上全沾滿著黃稠的黏液，懷裡還緊緊抓著一個大背包。

佩琪憋著的氣終於吐出，隨後就像虛脫般跪在地上。

「公主……佩琪！」伊迪亞被這一幕驚得回過神，著急衝上前，跑到佩琪身邊。

加爾罕不落人後，趕緊也一個箭步衝上。

公主？翡翠確定自己沒聽錯，打量的目光落至在場唯一的女性身上。

難道說，那名紅頭髮的女孩子……居然還是某個地方的公主嗎？

南大陸都是獨立都市，稱不上正式的國家。也就是說，他們是來自法法依特北大陸嗎？

這時候伊迪亞等人也沒有多餘心力分給一個陌生人。

「他還活著嗎？彼德森確定還活著嗎？」加爾罕急切地問道。

「你先冷靜，讓佩琪處理，要相信她有辦法。」伊迪亞穩重說道，同時似乎也發覺到自己無意中喊出不該喊的字眼，接下來都不曾再從他嘴裡聽見「公主」一詞，就像什麼也不曾發生過般繼續喊對方佩琪。

佩琪將法杖舉高，一串咒語從她舌尖滑出，匯集成一個水系魔法。

數條水流從法杖頂端落下，旋轉交錯，最後通通噴灑向昏迷不醒的娃娃臉男子，將他身上的髒污一併沖刷乾淨。

連續施展魔法讓佩琪難掩臉上疲累，就連後背也不自覺汗濕了。

「加爾罕，快！」她又喊了一聲。

不用佩琪多說什麼，憑靠著同伴之間的默契，加爾罕迅速從娃娃臉男子手中猛力抽走那個大背包。

伊迪亞趕緊湊過去，瞧見加爾罕小心翼翼捧出個精緻洋娃娃後，跟著鬆了口氣。

「公……佩琪，它沒事，它沒受到任何傷害！」

「太好了……」得到答案後，佩琪雙腿一軟，整個人像被掏空力氣，跌坐在深黑的泥土地上。當她雙眼再落至那條沒了腦袋的三頭蛇後，心頭火頓時湧上。

顧不得會讓自己氣力徹底用盡，她忿忿地又抽了一張字符貼上法杖，紅光一閃。

「炎系第一級初階魔法——燎原火！」

這番動靜驚動了翡翠。

綠髮青年一抬頭，望見的便是足以令他肝膽俱裂的畫面。

偌大火球猛力扔擲向三頭蛇，熊熊的火焰一下蔓延開來，席捲牠全身，將牠全部包圍在烈火之中。

「不不不，快住手！我的——」

悲慟的「蛇肉大餐」四個字被斯利斐爾強行截斷，攔截在他的掌心裡。

被緊摀著嘴的翡翠眼眶含淚，只能聞著陣陣焦香味和烤肉味，眼睜睜地看著他相中的絕佳食材被烈火吞噬。

佩琪終於安心地眼一閉，身子軟綿綿地往旁倒下。

加爾罕和伊迪亞大吃一驚，急忙趕至她身邊，確認對方僅是過於疲憊後，才鬆了一口氣。

緊接著，他們不約而同地把視線轉向翡翠。

那張噙著淚水、掩不住傷心的絕美容顏，讓他們瞬間看傻了眼。

呆愣片刻後，才猛然意識到自己的失禮，連忙尷尬地挪開目光。但沒一會又飛速轉了回來，驚訝地緊盯著翡翠異於常人的尖耳朵。

那雙又長又尖的耳朵……這名異常貌美的綠髮青年赫然是妖精族！

「你是妖精？」伊迪亞喃喃地問。

翡翠已很習慣大部分人初次見到他時，都會來這麼一句。他扯開斯利斐爾的手掌，一雙霧濛濛的紫眸忍不住再看向不久前還是三頭蛇，現在只剩一團焦黑的東西。

越看他就越心痛，越心痛就越想掉眼淚。

他猜到了開頭——他可以成功ＰＫ掉那條三頭蛇。

卻沒有猜到結尾——三頭蛇被人砍了腦袋還燒成焦炭。

有沒有精靈像他這麼慘啊……喔，精靈滅族了，現在就只剩他這個精靈王而已。

伊迪亞他們卻是誤會了翡翠傷心的原因，以為那名綠髮妖精曾有同伴葬於這條三頭蛇的蛇口，才會情緒那麼激動。

伊迪亞拍拍加爾罕的肩，低聲與對方討論幾句，隨後他起身，走向那具燒成焦炭的魔物屍體。

在那團烏漆墨黑中，僅存一枚閃亮且完好無缺的晶體。

那是魔物的核心，魔晶石。

伊迪亞將那顆魔晶石拿給了翡翠，「這個應該要屬於你。如果不是你的協助，我們幾個恐怕今天都要栽在這裡了。」

「真的非常感謝你。」加爾罕也上前一步，「我們是來自馥曼分部的暗夜冒險團。

我是加爾罕，另一位是伊迪亞，我們的法師是佩琪。不知道閣下如何稱呼？」

「我是塔爾的翡翠。」翡翠情緒低迷，但不妨礙他收下魔晶石，這可是能拿去換成晶幣的，「那沒事我先走了。」

「等等！」伊迪亞忙不迭出聲，試圖挽留翡翠，「抱歉，假如你目前沒其他要事的話……能不能，接受我們的委託？」

「委託？」翡翠真的停下腳步，並且轉過身來，「我？」

「對。」伊迪亞一看事情有望，趕緊說道：「你也看到了，我們冒險團如今的狀況不太好……」

翡翠點點頭。一個累到暈倒，一個剛從魔物蛇肚子裡拖出來，怎麼看都跟「好」還離得很遠。

「我們想找個地方休息一下，但又怕路上遇到其他魔物……你的實力我們剛剛親眼目睹，因此希望你能護送我們一段，到適合休息的地方就可以。」

說到能休息的地方，翡翠還真的知道一個，就是今早他才離開的那座古堡。

那裡不會有瘴氣入侵，還可以待在建築物內，女主人也相當好客。唯一的問題，就屬女主人今天早上的態度有點不對勁。

羅娜絲的表現看起來就像是……很驚訝自己還能見到他們出現在大廳。

翡翠無意識地摸摸嘴唇，猶然不明白羅娜絲的驚訝因何而來。畢竟昨晚他們在房裡睡得安穩，壓根沒發生什麼事。

難不成……眞的是因爲對方以爲他們早早就離去，才會對他們的現身感到吃驚？

「你意下如何？」沒等到翡翠的回應，加爾罕不禁急性子地追問道：「報酬方面絕對不用擔心，二十枚晶幣你看如何？」

「眞的？」翡翠總算稍稍提起一點精神，「唔，我是能帶你們去一個能遮風擋雨、還能擋瘴氣的地方。但適不適合留在那邊休息，你們再自己判斷，這樣也可以嗎？」

伊迪亞和加爾罕對視一眼，沒想到這座森林居然有地方能擋瘴氣。這消息對他們而言無疑是項意外之喜，他們立刻點頭，就怕動作一慢，讓翡翠誤以爲他們不同意。

「對了，酬勞部分，你的同伴不會有意見吧？」保險起見，翡翠覺得還是要多問幾句。免得等昏迷的那兩人醒了，卻爲了金錢問題吵起來。

「沒問題、沒問題。」伊迪亞也拍胸脯保證，「佩琪和我們的看法肯定一樣。要是路上又碰到什麼魔物，或是發生其他……呃，不對勁的事，我們願意再加錢。」

翡翠要是這時再敏銳一些的話，就會發現伊迪亞在提及「不對勁的事」時，眼神飄了飄。但眼下他正因爲沉浸在金錢的魅力中，一時忽略了去。

等到他事後得知，要反悔已是來不及。

翡翠終於知道，不久前伊迪亞說的「不對勁的事」，究竟指的是什麼了。

起因是被加爾罕揹著的彼德森忽然睜開眼睛，似乎恢復了意識，掙扎要從加爾罕的背上下來，然後被伊迪亞眼疾手快地一掌再打暈過去。

翡翠總算是把他們四人的名字和關係都弄清楚。

伊迪亞是高個子的劍士，外表陽光、氣質沉穩，還是暗夜冒險團的團長。不過凡事都會先跟同伴商量，不會獨斷獨行。

加爾罕則是魁梧的大鬍子劍士，性子有點急，但又不會太過冒進。由於塊頭大的關係，他除了揹彼德森之外，正面還反揹著那個從彼德森手裡搶回來的大包包。

唯一的女性就是由伊迪亞揹著的佩琪。原本綁成五股辮的紅頭髮披散下來，面容清麗，但眉宇間卻盤踞著一分冷硬，就算是昏迷中也無意識地將唇線抿得緊緊。

最後便是彼德森，那個有著一張娃娃臉、體格較爲瘦弱的男子。不久前還被三頭蛇吞進肚子裡，幸好在受到大傷害前就及時從蛇軀裡拽出來。

根據伊迪亞所說，他們進來黑沼林是想尋找一種名爲烈焰紅唇的花朵。花如其名，外表就像人類性感的嘴唇，還是大紅色的那種。

碰巧彼德森也想要尋找這種花，雙方一拍即合，同意臨時搭檔，一同進入黑沼林。

幸運的是，他們找到烈焰紅唇了。

不幸的是，彼德森趁他們不留神，不但搶走了花，也搶走他們看似最值錢的背包。

「烈焰紅唇，能吃嗎？」翡翠永遠不會錯過這個重點。

「聽說非常辣，吃下去嘴唇就會跟花瓣一樣，紅得發腫發亮。」

「噢，好吧。那你們有聽說過一種會跑會跳的蘿蔔嗎？」

「蘿蔔？那是魔物了吧？」

伊迪亞與加爾罕同時搖頭，翡翠只能打消再從他們身上探聽消息的打算，很顯然他們也是第一次聽見這種植物。

「唉……之前也曾聽其他冒險團說過類似的事，有人利用搭檔機會惡意搶劫，沒想到有一天居然發生在我們身上。」伊迪亞苦笑著說，「但主要還是我們太大意了。」

「不過彼德森也是活該。」加爾罕說起背上的那人，語氣冷了好幾度，「恐怕他也沒想到，自己在逃跑途中會被小蜜蜂的尾針刺穿脖子。」

「是我知道的那個……超巨大的小蜜蜂嗎？」

「咦？對。」

「真的假的？那針超長的耶，一戳下去估計連命也沒了吧。」

「所以彼德森就死了。」

翡翠腳步驟然停住，呆愣好幾秒，才消化完聽見的訊息。

「什麼？他死了？」翡翠瞠圓一雙眸子，震驚地看向加爾罕背上的那名男子，「你再說一次。你說……誰死了？」

「彼德森。」倏然出聲的不是伊迪亞，也不是加爾罕，而是不知何時轉醒的佩琪。

她想要伊迪亞放下她，讓她自己走，但被後者強硬拒絕。

佩琪臉色太蒼白，一看就知道還沒完全回復，伊迪亞說什麼都不願同伴再受累。

「別擔心，妳還沒胖到我揹不動。」伊迪亞說，「等我真的不行時，我一定馬上把妳丟下來。」

「你說誰胖啊！」佩琪氣得牙癢癢，「那你就給我揹一路！我們現在要去哪裡？還有這一位是……」

「妳現在才注意到嗎？」伊迪亞笑了笑，爲佩琪介紹，「這是翡翠，他是塔爾的冒險獵人。旁邊是他的同伴，斯利斐爾。妳也看見他的身手了吧？」

「嗯，很強。」

「爲了預防萬一，我和加爾罕委託他，請他護送我們到一個能好好休息的地方，正巧翡翠知道黑沼林裡有一個地方不會受到瘴氣侵襲。」

「眞的嗎？黑沼林裡竟然還有這種地方，究竟是怎麼做到的？太不可思議了！」

「那裡種著一種叫丹紅玫瑰的植物，從外表看就是紅色的玫瑰花。據說它能吸收瘴氣，但必須數量龐大才有辦法發揮效果。」翡翠大略解釋，沒忘記他們剛才說的重點，「你們說彼德森……他死了？可他現在明明是……」

「看起來是活著的，而且什麼傷也沒有對吧……」伊迪亞吐出一口氣，眉毛打結，

「老實說我們也不知道到底發生什麼事。我們親眼看見彼德森的脖子被刺，從陡坡上跌下去。因爲被瘴氣干擾，我們花了一點時間才找到他跌下的地方，但那裡卻沒有人了。突然間，我們又看到他的身影出現在另個方向，而且……」

伊迪亞停頓了下，舔舔發乾的嘴唇，說出自己當時見了也覺得匪夷所思的景象。

「而且看起來……一點也不像受過傷的模樣。他行動正常，打算往其他地方逃跑，只不過正要跑走之際，就被冒出來的三頭蛇給吞下去了。」

「該說他到底是運氣好還是運氣差啊……」翡翠瞄了一眼彼德森，之前沒注意，現在仔細看，果然在他頸側發現被捅刺了一個洞，「也就是說，他是死而復生？」

「不清楚。」伊迪亞搖搖頭，「我們還帶著他，就是想把整件事情弄清楚。」

「還要再給他一頓狠狠的教訓，居然敢搶我們東西！」佩琪瞪著彼德森的視線像巴不得把他再次刺穿。

「喂喂！」加爾罕突然喊了聲，舉起手臂朝前方指，「丹紅玫瑰……是不是那個！」

伊迪亞與佩琪頓時精神一振，連忙朝加爾罕指的方向望去。在淡灰薄霧後方，的確能瞧見一片紅影往周圍展開。

一行人即刻加快腳步，穿越灰霧，映入視野內的是越漸清晰的紅玫瑰花園與外觀破敗的古堡。

翡翠沒想到兜兜轉轉又回來這裡了。

「真沒想到，黑沼林裡竟然還有這種地方……」佩琪訝異地嚷，「這應該沒人住吧？看起來就是廢墟。」

「這地方有主人。」翡翠說，「我昨晚就借住在這。那位女主人住在前館那邊，其他我們看到的部分都還荒廢著。」

暗夜冒險團的人大吃一驚，他們沒想過真的會有人住在黑沼林裡，緊接著他們被丹紅玫瑰吸引了注意力。

失去對這些玫瑰的食欲後，翡翠對這些花朵便沒了興趣。他隨意四處打量，直到眼角捕捉到一抹細微的亮光。

依照本來的計畫，翡翠是打算將人送到羅娜絲面前就拍拍屁股閃人，當然他是不會忘記拿走報酬的。

但是現在……

「看樣子，」翡翠瞇細眼，如水晶剔透的紫眸裡閃過剎那銳利，「我們最好也留下來。」

「爲了蹭晚飯？」斯利斐爾絲毫不懷疑這個可能性。

「能蹭也不錯。」翡翠坦蕩蕩地說，「但主要原因不是它，而是……這個。」

斯利斐爾看見翡翠忽然往前幾步，從玫瑰花叢下摸出了一個微反著光的細長物體。

那是一枝筆。

然後翡翠在筆上摸索一番，筆芯的部分瞬間變成一把鋒芒畢露的利刃彈出。

「上面還有刻得很小的『桑』字。」翡翠摩挲著筆桿，「你覺得，這會是誰的？」

答案太過明顯。

這是桑回的筆刀。

「再問一個問題。」翡翠重新讓刀尖縮回，將回復原樣的筆刀收進口袋，「你覺得，桑回在什麼樣的情況下，會把他的武器丟在這裡？」

不管那名金棕髮男子究竟是不是眞如他所言，是一名專門狩獵殺手的殺手，他的好身手都是毋庸置疑的。

與桑回結伴同行的半天裡，翡翠也曾目睹他對自己武器的愛惜，他可不像會隨隨便便把筆刀亂扔的人。

而羅娜絲說，桑回一大早就動身離開。

他眞的離開了嗎？

又或者是……他打算離開，卻在古堡外碰上沒預料到的事，才會導致他的筆遺落在外。

那麼，是什麼樣的情況下會讓他動到筆？

「我的腦內開始跑出各種驚悚小劇場了。」翡翠小聲地和斯利斐爾說悄悄話，「例如桑回半夜把人家廚房裡的東西全吃光，今早想溜走卻被人逮住。又例如桑回把人家養的寵物都宰來吃了，今早想溜走卻被人逮住。」

「無論答案是哪一個，在下相信都不會是您想的那個，那聽起來都像是您想做卻來不及實行的事。」爲了預防這些事情發生，斯利斐爾決定待在古堡裡的時候，要把翡翠盯緊一點。

不，最好還是到寸步不離吧，頂多是上廁所給他一點私人空間。

斯利斐爾相信，爲了吃，翡翠會無所不用其極。

「所以你對留下來沒意見？」翡翠還不知道自己只剩下上廁所的私人空間，「我還以爲你會說，別浪費時間在桑回身上，有這工夫不如去找神奇蘿蔔比較實際。」

「既然我們對世界任務都暫且毫無頭緒，不如就順其自然，您想怎麼做，就去做吧。在下相信，這一切都必定有其意義存在。況且……」斯利斐爾與翡翠繞到了古堡前館正門，在裡面的人前來應門之前，平靜地說出他願意留下的最大原因，「桑回要是眞的被失蹤的話……」

誰來賠償他們的馬車維修費呢？

第7章

翡翠深切地感受到，今天真是忙碌的一天。

首先是世界任務發布，然後從塔爾分部接下委託，再來是伊迪亞等人的委託，而現在又多了一個。

叫作——桑回在哪裡？

別稱則是「被失蹤的殺手先生」。

只不過想要執行這個臨時追加的任務前，翡翠還有件事得先處理，那就是獲得今夜的住宿權，這樣才方便在古堡各處搜索。

隨著敲門聲響起，不久後一名戴著半截面具、臉上有暗紅疤痕的男僕前來開門。他沒有詢問什麼便主動退開，讓門外的客人們進入。

暗夜冒險團對眼前所見一切大感吃驚。

他們真的沒想到外觀看起來破敗荒涼的古堡，裡頭居然布置得富麗堂皇且充滿生活氣息。溫暖穩重的色彩處處可見，讓人立時就將黑沼林的陰森和瘴氣拋諸腦後。

伊迪亞等人忍不住連連讚歎，這裡怎麼看都太適合休息了。

「謝謝你，翡翠，帶我們來到這麼一個好地方。」佩琪感激地說。

「等見到羅娜絲，這裡的女主人，接下來要留下或離開，就由你們自己決定了。」看在酬勞是多枚晶幣的份上，翡翠還是願意再隱晦地提醒一次，「這裡或許沒表面那麼完美，你們可以再考慮考慮。」

沒有實際證據，翡翠也無法說得太清楚。

「那你們呢？」伊迪亞果然沒放在心上，而是關心起翡翠他們的去向。

「我們會……這是怎麼回事？」翡翠的聲音倏然轉了個調。他錯愕地看著大廳裡的景象，差點以為走錯地方。

本該擺著黃銅燭台和鮮花裝飾的長桌上，如今杯盤狼藉，碗盤酒杯肆意傾倒，殘羹剩飯從餐具裡翻倒出來。

更令人驚疑的是，桌上和桌下竟還有幾隻兔子。

活的，會蹦蹦跳的那種。

「這是……怎麼回事啊……」就連暗夜冒險團也看傻了眼。他們反射性先看向翡翠，隨即想到對方也才剛進來，連忙再看向那名將他們帶進來的男僕。

戴面具的僕人靜立牆邊，不言不語，宛若一座雕像。

所有人都被弄得懵懵懂懂。

下一秒，一道悅耳婉轉的女聲帶著香風襲來，打破現場古怪的氣氛。

「又有客人來……哎呀，翡翠？你們又願意留下來多待幾天了嗎？」羅娜絲款款地從樓梯上走下，依然充滿香氣，一頭深淺交錯的棕髮像是波浪般晃漾。漂亮的緋紅眼眸在見到綠髮妖精那張格外美麗的面容時，更是心花怒放地亮起光芒。

暗夜冒險團下意識望向樓梯上那抹窈窕人影，緊接著便猜到對方真正的身分，她肯定就是這座古堡的女主人。

「對，如果不麻煩的話，我們所有人想要在這借住幾天。」翡翠仰著頭，發現羅娜絲懷中抱的不是今早見過的金棕大貓，換成了一隻圓滾滾的垂耳兔。

「怎麼會麻煩呢？我最喜歡熱鬧了。」羅娜絲露出開心的笑容，她本就艷麗，一笑起來更如同盛綻的玫瑰。

很快地，羅娜絲也注意到大廳內的狀況，她面露歉意，「不好意思，客人剛走，還來不及收拾乾淨……我立刻讓人整理。」

她的話才落下，又有幾名相同打扮的僕人安靜無聲地走出來，熟練地收拾桌上的碗盤。

「客人？」翡翠方才掃過桌面一圈，從餐具數量推斷出起碼有四人用過餐，「今天的黑沼林眞受歡迎。」

「就是啊，我也沒想到這兩天都有人上門，之前偶爾才會出現呢。他們是在翡翠你們離開不久後過來的，聽他們說，是來自華格那的冒險團。會來黑沼林，好像是在找一個以前曾跟他們搭檔，但後來搶走他們財寶的人。」

「這設定聽起來挺熟悉的。」翡翠摸著下巴。

「例子就在您隔壁。」斯利斐爾淡淡提醒。

「啊，對了，我記得那人是叫彼德森還是什麼森的。」羅娜絲一拍手，笑吟吟道。

所有人的目光齊刷刷地望向正在加爾罕背上的當事人。

伊迪亞隨後又望向了羅娜絲，他端起穩重的表情，「羅娜絲小姐，謝謝妳願意讓我們打擾。我是伊迪亞，旁邊的是加爾罕、佩琪，還有……詹森。」

「不用客氣，我喜歡招待客人，看見人們愉快的表情也會讓我感到愉快。」羅娜絲往前走了幾步，放下懷中的垂耳兔，讓牠加入地板同伴的行列，「一起去玩吧。」

四隻兔子蹦蹦跳跳，耳朵一甩一甩，雪白的身軀跟著微微一顫一顫的，晃出令翡翠心蕩神馳的肉浪。

三杯兔肉，讚！

「口水。」斯利斐爾面無表情地提醒，「快流出來了。」

「這是我的眞情流露，你不懂。」翡翠咂咂嘴巴，努力控制唾液的分泌，「羅娜絲小姐，這些兔子眞可愛，也是妳的寵物嗎？」

「對，我想說讓牠們熟悉一下環境，才把牠們放進來。沒想到牠們是群壞孩子，把這裡弄成這樣。」羅娜絲嘴裡叨唸，可看向兔子的眼神滿是溫柔縱容。

如同她說過的，她相當喜歡這些毛茸茸的動物們。

待大廳被清掃得乾乾淨淨，羅娜絲又招來幾名僕人，將一團團像雪球的兔子們抱下去，讓他們有個方便說話的空間。

「看得出來，你們須要好好地休息，再吃一頓豐盛的餐點。」羅娜絲看向伊迪亞幾人，她明媚一笑，沒有多問他們爲何會一身狼狽，「我先帶你們上樓吧，翡翠你們就繼續住原來的房間。要是想在外面四處逛逛也沒關係，不過別去這裡頂樓的房間，我的戀人住在那，他須要好好地靜養，不能被人打擾的。」

伊迪亞等人自然沒有異議地跟著羅娜絲上樓。

與翡翠他們分別前，作爲團長的伊迪亞沒忘記把約定好的報酬交給對方。

即使暗夜冒險團每人都被分配到一間房，上樓安頓後，他們還是習慣性地聚集在伊迪亞的房間裡，連彼德森也被一併扛過來。

他們可沒有忘記，這人死而復生了。爲免中途又出現什麼異況，當然要放在眼皮底下才能安心。

一群人或坐或站，唯一的床鋪被個大背包佔據，正是彼德森搶走的那一個。

佩琪打開背包，小心翼翼地將裡面的東西抱出來，那是一個從頭到腳都格外精緻的洋娃娃。

它有著銀白色的眼珠子，一頭深紫色長髮，幾束髮絲紮綁成繁複的細辮，上面盤著精巧的花飾；身上的暗色洋裝縫上層層疊疊的蕾絲，有如一件華麗的公主裙，就連腳上也套著一雙綴著小蝴蝶結的小靴子。

將洋娃娃連一根髮絲都沒疏漏地檢查了一遍，佩琪才真正鬆了口氣。

「太好了……真的沒事。」她輕手輕腳地擺弄著洋娃娃的姿勢，讓它能穩穩端坐在床上，「不然我要心疼死了。」

「是我們都要心疼死了。」伊迪亞補充。

加爾罕點頭附和。

「接下來……該怎麼處理彼德森比較好，要先把他弄醒嗎？」

「先把他綁好，別讓他有反抗的機會。佩琪妳拿好法杖在旁邊準備，一有不對勁就用力敲下去。」

「沒問題，絕對給他來一記狠的。」

「不不不，狠的就不用了，萬一再把他給打死……」

叩叩。

門外冷不防傳來敲門聲，打斷了房內的談話。

暗夜冒險團的三人對視一眼，猜測著是翡翠他們或是羅娜絲在外面，最後由離門最近的伊迪亞站起開門。

但門外卻是空無一人。

伊迪亞摸不著頭緒，以爲自己是不是聽錯了。他反手將門關上，正準備向同伴說自己什麼也沒看到的時候……

他們全都聽見了一聲輕輕的羊叫聲。

咩。

然後就徹底地不醒人事。

這一躺，暗夜冒險團集體睡過了晚餐時間。

事實上，不單是他們，就連翡翠和斯利斐爾也同樣錯過，沒有出現在長桌旁。

只不過翡翠他們是因爲在外頭耗得太久，返回前館時已是深夜。

爲了尋找桑回的下落，翡翠和斯利斐爾在古堡周圍四處蹓躂，看看是否有可疑之處。可惜一路看下來，不是見到斷垣殘壁，就是看到完全荒蕪的樓館，在鮮紅灼灼的丹紅玫瑰襯托下，越發死氣沉沉。

就如同羅娜絲先前所說，只有前館修整得差不多，其他地方仍是廢置中。除此之外，讓翡翠多注意幾眼的，是一座離前館不遠的——迷你動物園。

翡翠不確定該如何稱呼，就決定先喊「動物園」好了。

那裡被藤蔓和大樹圍繞起來，有如天然的圍籬。粗壯交錯的樹枝上吊掛著一個個巨型鳥籠，有的鳥籠空空蕩蕩，有的卻關著動物。

粗略算了算，大約有十來隻不同種類的動物，從飛禽到四足獸類都有。

翡翠見過的金棕色大貓和雪團兔子也在裡面，還有一隻尾巴特別長、披著海藍色羽毛的鳥類，估計就是清晨擾人清夢的藍羽長尾雞了。

「這都是羅娜絲的寵物嗎？還眞多啊……」翡翠嘖嘖稱奇，「有狗、有貓、有兔子、有雞、有狐狸……還有羊！」

與先前漫不經心的語氣相比，這個「羊」字簡直情感澎湃，充分展現出聲音主人的強烈驚喜。

聽在斯利斐爾耳中，大概就是體會到聲音主人的濃濃欲望。

——食欲。

「唔，這羊的毛色還挺特殊的……」翡翠湊近那個大鳥籠前面，「居然是金色的，好閃。」

翡翠的好奇心被挑起了，他上上下下打量那隻金光閃閃的羊。金黃色的羊毛看起來蓬鬆又柔軟，還捲翹得很，讓人忍不住想揉一把。

從這隻金羊的皮毛、體型、螺旋形的彎角，以及屁股後垂下的大尾巴來判斷……

「這是隻綿羊。」翡翠情不自禁地舔了舔嘴唇，「綿羊肉最好吃了，肉質細膩又軟嫩……啊啊，好想吃涮羊肉火鍋喔。」

宛如聽得懂翡翠的發言，或是感受到從那雙紫眸裡射出的欲望之光，金羊不安地往後連退數步，巴不得離翡翠遠遠的，就連那雙眼睛也閃動著驚恐的光芒。

彷彿站在籠子前的是一個披著美貌人皮的恐怖猛獸。

「羊肉爐也不錯，藥膳或清燉的我都愛。」翡翠吸溜著口水，雙腳控制不住地再往前走，彷彿籠子裡關著的是輕易就能引人發狂的絕世尤物，「我好像都聞到羊肉湯的味

道了……」

金羊瑟瑟發抖，使盡全力把自己蜷縮到最小，眼裡泛起淚光，彷彿深怕下一秒就真的要成了盤中飧。

「等等，我好像真的聞到羊肉湯的味道！」翡翠趕緊往空中嗅嗅，那股濃馥不膩的香氣在他鼻間徘徊不去，其中還摻雜了淡淡藥香，深吸一大口更是令人精神一振，「還是藥膳味的！」

拚命吸著空氣中的美妙味道，翡翠雙腳再度不自覺地邁動，順著香氣最濃之處走。

就在他的手即將碰觸到那座關著金羊的鳥籠之際——

斯利斐爾再也看不下地強橫出手，憑靠體型與力氣，一把將人拎起，就像抓住小貓後頸般，將人抓回自己身邊。

「您聞到的只是羊臊味。」斯利斐爾冷漠地潑了冷水，「這裡有羊，有羊臊味很正常。如果您沾了那身味道回房間，在下會將您扔到浴室刷洗個十次。」

「不不不，這絕對不是普通的羊臊味，你不懂。」翡翠據理力爭，「好不容易有隻羊在我面前……」

但被斯利斐爾冷酷鎮壓，「那也是別人的羊，您可以試試在夢裡重新尋找您的眞愛。走吧，在下有一百種方式將您打暈，讓您迅速入睡。」

「喂喂，太沒禮貌了，你是這樣對待主人的嗎？」又被拎起的翡翠試圖抗議。

「別擔心，在下對您一向是行動恭敬，內心鄙視。」斯利斐爾強制把人拎出了這座動物園。

「我看不出你現在的行動跟『恭敬』兩個字有什麼關係？」

「既然您都看破了，又何必說破呢？」

「你可眞是太討人厭了。」

「在下的榮幸。」

隨著兩人的針鋒相對越飄越遠，這座綠色的天然圍籬內也再次變得安靜。

一直到再也聽不見說話聲，縮在籠內角落的金羊人性化地吐出一口氣。牠重新站起來，抖抖身子，往前邁出幾步，低頭輕撞了一下關起的籠門。

以爲應該上鎖的門居然慢騰騰地朝外開了。

金羊輕巧地往外一躍，沒有發出半點聲響地踩在地面。

牠慢慢往前走，一步、兩步、三步，然後那金燦燦的身子在第四步時平空消失了蹤影……

雖然沒有跟上古堡的晚餐時間，但是翡翠也不怕挨餓。畢竟他真正的主食是晶幣，只要嗑個幾枚下去，就不會感受到那種飢餓感。

唯二美中不足的是……

一，晶幣難吃。

二，他心靈不滿足，還想吃。

算了算他們攜帶的食物，除了晶幣之外，就是軍糧餅和幾塊硬麵包，可憐得讓翡翠都想掬一把眼淚了。

「我想吃好吃的……」嘴巴饞得不行的翡翠在床上滾來滾去，就算都半夜了，還是沒辦法好好睡覺，「不解解饞我睡不著。」

「喔。」斯利斐爾只給了這一個音節。他坐在房內唯一的一張椅子上，姿勢筆挺，即使時間已來到凌晨兩點，眼內也不見絲毫睡意。

事實上，翡翠還眞不確定這位眞神代理人到底須不須要睡眠。不管他什麼時候醒來，見到的都是斯利斐爾清明凌厲的模樣。

如果是強忍著睡意不睡就好了……翡翠盯著那張以同性眼光來看，確實帥到不行的臉。這樣一來，他一定就能等到斯利斐爾撐不住而睡著的那一天。

然後鬆懈下來的斯利斐爾就會變回鬆餅，被他吃得一乾二淨！

完美！

「不管您現在在想什麼，那都不會有實現的機會。」斯利斐爾高高在上的眼神一瞥，戴著白手套的手粗魯地將翡翠的腦袋給按回去，「您須要閉嘴、閉眼睛，睡覺。」

被壓回去的翡翠像條鹹魚一動也不動地躺在床上，試圖用聊天打發心靈上的飢餓。

「斯利斐爾，今天打三頭蛇的時候，我看到佩琪……就是那個紅頭髮的魔法師，她往自己的法杖上貼東西，那是什麼？」

「字符，專供魔法師使用的一種道具。」斯利斐爾說，「魔法師必須喃誦咒語才能使用魔法，有的咒語太過冗長，還沒唸完就先被敵人砍死了。爲了避免這種悲劇一再發生，經歷無數次的失敗，字符被發明了出來。主要功用就是將咒語濃縮在紙上，讓魔法師只須唸出魔法名稱便可發揮效果，節省許多時間，也保障了魔法師戰鬥時的安全。」

「聽起來超棒的。」翡翠興致勃勃地問，「那我也能……」

「不行，那對您沒意義，而且您本身的魔力槽根本儲存得不夠。還有……」斯利斐爾俐落地截斷他的問句，最後用兩個字宣告這話題結束，「它貴。」

翡翠想起佩琪用起字符時毫不手軟，再想到伊迪亞信誓旦旦地說他們不缺錢。有錢真是讓人嫉妒。

「什麼不行？」

翡翠又滾動了幾圈，霍地抱著他的三顆金蛋坐起，「不行！」

「我很餓，非常餓，我一定要吃東西才有辦法睡覺。」

「恕在下提醒……」

「晶幣只能安慰我的肉體，不能安慰我的心靈。只要我心靈沒獲得滿足，我就會有氣無力，精神力不集中。」

「所以？」

「所以就不能給予我的子民充足的愛！」翡翠鏗鏘有力地宣告。

不得不說，這個理由成功說服了斯利斐爾。

被沉沉夜色籠罩的黑沼林一片死寂。包括座落林內、被丹紅玫瑰包圍的古堡亦是，一切聲響和人氣都像被黑夜給吞噬進去。

古堡前館安安靜靜，掉一根針似乎都能被放大無數倍。

大廳內的燈火早已暗去。

明明空無一人，但鋪在地板上的厚地毯卻倏地出現細微異狀。

四個淺淺的凹痕平空出現在地毯上，接著凹痕往前移動，就好像有四隻看不見的腳踩踏在上面，一路朝廚房前進。

廚房裡自然也是一片黝黑。

下一秒，微微的金光乍然亮起，有如黑夜裡閃爍的星星。

星星很快成了一個更巨大的發光體。

倘若翡翠這時候在場，鐵定會震驚地認出來，這不就是他在那座動物園裡曾見過的金綿羊嗎？

顯出全部樣貌的金羊抖抖身子，鼻子嗅了嗅，接著「噠噠噠」地往櫥櫃走過去，那裡正散發食物的味道。

金羊試圖用自己的鼻尖頂開櫥櫃門，嘗試幾次發現太不方便。正當牠準備採取另一個方法，金光重新在牠皮毛上聚集時，牠驟然停住了一切動作。

有聲音。

雖然很輕很輕，但眞的有聲音。

金羊瞪圓了眼，一身蓬軟的毛當下似乎都要炸起來。牠飛快想找個地方藏身，但羊蹄剛抬起，就反應過來自己還有一個最佳的辦法。

金羊的顏色開始轉淡，越來越淡……最後竟從金燦完全轉爲透明，和空氣融爲了一體，就像從未在廚房裡出現過。

金羊的聽覺沒有出錯，就在牠驚覺有聲音出現的同一時間，二樓一扇房門謹愼地被推開了。

兩條人影從房內走出來。

但倘若落入第三人眼中，恐怕只會瞧見一個人正偷偷摸摸地往樓下走。

「我也想要隱身功能啊。」方便起見，在大半夜溜出來的翡翠以意識跟藏匿起身形的斯利斐爾抱怨，「或者是你之前變小的那個功能。」

「您可以作夢。」一塊溜出房的斯利斐爾一向不吝給精靈王提供最真誠的意見。

「好喔，謝謝你。」翡翠不客氣地送給對方一枚大白眼。

「不用客氣，在下只是善盡自己的本分。」斯利斐爾理所當然地接受了道謝。

翡翠不想再多理這個厚臉皮的傢伙，他加快腳下速度，迅急溜至空無一人的一樓大廳。按照記憶裡的方向，摸向廚房的所在位置。

就在綠髮青年前腳剛踏進廚房、眼裡納入一片漆黑之際，金羊的身影也完完全全地消隱。

翡翠不曉得廚房有一隻金綿羊。

金羊也不知道翡翠的身邊其實還有另一人。

「好黑啊……」翡翠嘀咕地說。就算精靈的感官勝過常人，但保險起見，他還是從不離身的包裡摸出一塊日核礦，頓時照亮廚房一角。

金羊屏著氣，不確定自己該不該現在就挪動位置。他記得妖精的尖耳朵異常敏銳，就怕自己稍微一動，反倒引來注意。

翡翠自然不會知道這裡有一隻羊正陷入煩惱，他打量設備齊全的大廚房一圈，最後目光鎖定在靠牆的一個大櫥櫃上。

就是那裡，他聞到了食物的味道。

「好香。」翡翠鼻尖動了動，喉頭滾動一下，「是藥膳羊肉湯的味道，今天晚餐居然有煮這個嗎？早知道我就早點回來，不過現在也不晚……味道還挺濃的，這就表示還有剩吧？」

金羊的眼睛越瞪越大，差點要憋不住地倒抽一口氣，牠就正巧站在翡翠要前進的方向。

如果牠再不閃躲，那名綠髮妖精就會直直撞上牠了。

牠只是隱身，並不是把自己變得像幽靈一樣沒有實體。

眼看翡翠只要再幾步就能碰觸到自己，金羊連忙踮起四隻羊蹄，悄無聲息地往旁邊移動再移動。

翡翠在櫥櫃前停住腳步，他打開櫃門往內一看，裡頭只放著幾塊麵包，沒有他心心念念的羊肉湯。

「眞奇怪……」他皺起眉，確定那股味道依然存在，只是眼前的食物怎麼看都不像能散發肉類的香氣。他不死心地在廚房其他角落搜刮，卻依舊沒有更多發現。

過程中，翡翠有好幾次都差點碰上金羊，嚇得後者一顆心臟幾乎提至嗓子口，連帶也讓牠忍不住想瘋狂咳嗽。

那癢意差不多要讓牠破口狂咳，假如不是金羊死死閉著嘴巴，用盡一隻羊的全部意志力憋住，那驚人的咳嗽聲只怕就要在廚房裡響個不停。

翡翠把廚房繞了一圈卻一無所獲。他抱著胸，眉毛蹙起，確定自己眞的沒聞錯。就是有羊肉湯的味道。

「難不成是我想吃羊肉想瘋了，結果出現幻覺了？」翡翠喃喃地說。

斯利斐爾給他的表情就是——您的確是。

「算啦。」翡翠終於放棄再像一隻無頭蒼蠅地找下去，他踏出廚房前，沒忘記把櫥櫃裡的白麵包和黑麵包全打包帶走。

目送那抹纖細修長的背影遠去，金羊總算放下一顆心，無聲吐出一口長長的氣。

牠又耐心地等了一會，確定自己捕捉到上樓的腳步聲後，才真正解除戒備。

點點金光如星子閃耀，廚房裡先是平空冒出了一隻金綿羊，隨後牠就地一個翻滾，再跳起的剎那間——

羊消失了。

取而代之的是一名削瘦的男人站在原地。

鬆懈下來的他再也克制不住，摀著嘴就是一陣急促嗆咳，越咳越覺得喉嚨發癢。經過一番劇烈咳嗽後，他喘著氣，胸膛猛烈起伏，耳邊似乎出現了嗡鳴聲。

還有……

「咳成這樣，沒問題嗎？」

「還好，習慣就……」

最末一個「好」字停在舌尖上，遲遲無法吐出。

和他對話的並不是他以爲的幻聽，而是貨眞價實另一個人的聲音。

翡翠的聲音。

第8章

翡翠其實沒走遠，他素來相信自己的直覺。既然他聞到了羊肉湯的香味，就表示廚房裡鐵定有香味來源。只不過這來源不知爲何，他一時半會間看不到。

爲了證明自己的猜想，他故意假裝離開廚房，還讓斯利斐爾弄出一點輕微的腳步聲，營造出自己回到樓上的假象。

果然沒讓他失望，他等到了香氣來源現身，一隻金光閃閃的大綿羊！

還是在大鳥籠裡有過一面之緣的那隻。

翡翠那麼篤定的原因是金羊毛太顯眼，還有他絕不會錯認那結實有力的羊屁屁和羊大腿。

然而他的視線才剛放在金羊圓潤的屁股上，對方無預警就在地板上打了一個滾。

然後，就變成人了。

羊就這樣變成人了。

背影削瘦，一頭砂金色的頭髮像吸足陽光的砂粒。

以常理來看，翡翠覺得自己應該要大吃一驚的，甚至因過度衝擊而說不出話來。可不知為何，眼前的場景並沒有讓他這般反應。

他反而鎮定得很，似乎見怪不怪。

啊，他明白了。失去記憶前的他，鐵定是一個見過世面、內心早就修練得毫無波動的冷酷殺手。

「好的，別亂動，免得我手一抖讓你受傷。」翡翠出聲警告，抽出自己的雙生杖，變長的法杖瞄準著那抹僵硬背對自己的人影，「我就說我怎麼可能會聞錯，果然被我逮到了好大一隻羊。但羊怎麼有辦法變成人……所以這是羊成精了嗎？慢慢轉過來，讓我把你的真面目看得清清……桑、桑回!?」

翡翠聲音驀然拔高，尾音還分岔了，難以相信自己所見到的。

當然，全程他都是以氣音發聲，他可沒忘記眼下尚是夜深人靜的半夜。萬一驚動古堡裡的其他人，豈不暴露出他晚上不睡覺，溜到廚房偷吃東西的事實？

面對此刻正面向自己的金棕髮男人，翡翠用力眨眨眼，眼皮再次掀起的時候，佇立在他眼前的依然是同一個人。

他以為失蹤的桑回。

桑回還是那身大衣，神態病弱、臉色蒼白，似乎只要一陣大風，就能將他吹跑。

翡翠目瞪口呆，握在手裡的法杖不自覺地鬆脫往下掉，在即將砸上地板的前一瞬，被斯利斐爾眼明手快地接住。

「請您拿好。」斯利斐爾說。

「喔，好……」翡翠無意識地回應，目光仍直勾勾看著不久前從羊變人的桑回，「我是餓暈才產生幻覺嗎，我好像看到失蹤的桑回出現了？」

「您已經吃過您的主食，所以並不存在餓暈這個選項。」斯利斐爾嚴格糾正，「您的確看到那個在夏季還穿厚外套，彷彿要展現自己的與眾不同，但只會讓人懷疑他對天氣認知有問題的，殺手。」

停頓一會，斯利斐爾漠然地掠過桑回一眼。

「和您比，在下不知道哪邊比較缺少腦袋內容物的殺手。」

「呵，而你連腦子都沒有。」翡翠回過神來，戰鬥力絲毫不輸地反擊回去。

「他剛剛……是在暗示我沒智商嗎？」桑回愣了愣，發現自己好像遭到人身攻擊。

「不是。」

「錯了。」

翡翠和斯利斐爾同時開口，再異口同聲地給出相同答案。

「是明示。」

這對主僕也太討人厭了吧！桑回摀著胸，努力把又要衝上的咳嗽憋回去。

「我們回房間說。」翡翠朝樓上一指，這裡看起來不適合聊天。

桑回看看廚房，再看看翡翠，最後看往翡翠裝了好幾個麵包的包包，果斷地跟隨他們的腳步往樓上走，回到翡翠兩人的客房。

「所以說，你沒被綁架？沒失蹤？」房門一關上，翡翠馬上劈里啪啦地追問桑回，「你爲什麼會出現在廚房裡？還有傍晚我在那個大鳥籠看到的也是你吧？你怎麼有辦法變成羊？還是金的。金色的羊是不是代表肉質特別好，味道特別鮮甜，在可食用羊之中列在最頂尖的那種？」

桑回還正想著翡翠的前兩個問題是什麼意思，但緊接而來的問題頓時令他坐立難安。聽到最後，他巴不得跳起來，離那名喪心病狂的貌美妖精遠遠的。

假如對方話題中的主角是其他動物，他會很樂意與對方探討。

問題是……那主角他媽的是他自己啊！

桑回本來臉色就慘白，如今看起來更是搖搖欲墜。他一口氣像吸不上來，只能用力搥打著胸口，然後再一屁股跌坐在椅子上。

「桑回你還好嗎？」翡翠關切地一個箭步躍上，手指搭上桑回的肩膀，「要是眞的不行，能不能先變成金羊的模樣？」

「不，我行，我很行！」桑回如同被燙到般縮著身體，一把打掉翡翠的手，「我超級……咳咳咳、行……咳咳咳咳、的……咳咳咳……」

「你聽起來快斷氣了。」斯利斐爾犀利指出。

桑回後悔了，他後悔自己爲什麼要跟著這對主僕過來，他應該直接隱身先跑的。

總算斯利斐爾還記得，他們尚未從桑回口中問到有用的情報。他示意翡翠冷靜點，別再給對方更多刺激。

「拜託你……站在我們中間，把他的臉擋住。」即使翡翠那張臉再怎麼美，桑回暫時也不想再看到對方，免得他一時控制不住，當場變了羊拔腿就逃，「那你的菜單，有獸人嗎？」

「獸人？」翡翠對這兩字也不陌生。在他的世界裡，電影小說動漫裡常出現獸人這個族群，但不同作品有不同的演繹方式。

「你是幻羊族的人。」斯利斐爾不會聽從任何人的命令，只有翡翠偶爾能例外。因此他自然不會按照桑回的要求去做，而是俐落地將他連人帶椅子地轉了方向，讓桑回背對著他們說話。

「幻羊？」翡翠困惑地問。

「獸人族有許多分支，依照各自種族作爲區別。」爲了節省時間，斯利斐爾乾脆自己說出資訊，「幻羊就是其中之一。獸人剛出生即帶有獸類特徵，主要以角、獸耳、獸尾爲主，成年後能切換成完整的獸類形態或是人形。」

「了解。」翡翠恍然大悟，「所以桑回你是一隻殺手羊。」

「我是一個幻羊族的殺手，變成羊能短暫隱身是我族的特殊能力。」桑回氣若游絲地糾正，「先讓我說，我說完後你們有想問的再提問。我會在廚房是因爲我想找食物，我會在鳥籠裡是我主動進去的，籠子並沒有鎖上。我想觀察羅娜絲養的那些寵物，獸人的直覺讓我覺得牠們不太對勁，但最終仍是看不出異樣。你可以問了，但是有關我肉體的任何問題，我是不會回答你的。」

「我只是一時被羊肉魅惑，但我還是分得清能吃跟不能吃的。」翡翠拿出一個白麵包遞給桑回，後者收下，但沒有馬上吃起。

斯利斐爾的嘴角勾出一記嘲諷的弧度，鄙視翡翠的說謊不打草稿。

桑回想起翡翠最開始的問題，「翡翠，你剛說……你以爲我失蹤了？」

「對，這是你的吧。」覺得桑回能心平氣和地問話，那麼火氣估計也消了，翡翠繞到桑回面前，把自己在玫瑰花叢附近撿到的筆拿出來，「羅娜絲說你今天非常早就離開，連她也沒見到面。但我在古堡外發現了這個，沒有發生什麼狀況的話，你的武器不可能會隨意亂丟吧？」

「我很早就走是眞的，不過不是眞的離開這地方，我藏起來了。」桑回把筆收好，「你還記得昨晚帶我們上樓的僕人嗎？有一個左腳有點跛，臉上有疤。」

「不記得。」翡翠誠實地搖搖頭。

「我認得他。」桑回說，「他是半年前被我殺掉的人，就在黑沼林裡面。」

「如果他半年前就死了，那昨天的那個……」翡翠霍地想到暗夜冒險團碰上的事，那個叫彼德森的人也是相同狀況，應該死去的人居然又活過來了。

「我不確定那究竟稱不稱得上死而復生，咳咳……」桑回慢慢地說，「他叫巴特萊，也是個殺手，做過不少糟糕的事，因此成了我的獵物。半年前我追逐他的行蹤來到黑沼林，將他一刀斃命。可沒想到，半年後卻聽見有人再次看到他出現的傳聞。」

翡翠這下明白桑回前來黑沼林的原因了。

「今天清晨時，我一踏出古堡立刻隱身，找到了巴特萊，再次把他殺了，那枝筆應該就是當時落下的。」桑回繼續說下去，「既然對方又活著出現在這裡，就表示此處想必有些問題，我決定留下來再觀察。可是……」

「等等。」翡翠驟然打斷桑回的話，他想起對方說的巴特萊是誰了，「你說的巴特萊，臉上的疤是不是暗紅色，像是被某種尖銳物體劃過一樣？」

桑回點點頭。

「你清晨時把他殺了?但我們下午還有看見他，就是他幫我們開門的。」

「我就是要告訴你這件事，巴特萊又活過來了，再一次。」

「他是不死之身嗎?」翡翠咂咂舌。

「不，我很確定他只是普通人類，我調查過了。」桑回狩獵目標前，習慣先掌握獵物的情報，「我懷疑是這地方有什麼問題，才會讓巴特萊一再復活，甚至讓他甘願在此當一名僕人，原本的他可是最瞧不起女性的。不過我已經將大部分地方繞過，還是看不出哪裡不對勁。所以我想，關鍵會不會在吃這方面?」

翡翠看看手上咬一半的麵包，再看看判斷食物有異的桑回，接著他堅定地繼續吃起他的宵夜，反正吃下去也毒不死他。

「普通人這時候應該吃不下去了吧!」桑回震驚地看著儼然不將自身安危當一回事的翡翠。

「我是……妖精，又不是普通人。」翡翠及時修改自己的種族，「而且我覺得不是食物的關係。」

「爲什麼?你有什麼發現?」

「因爲我們今天也將一個死而復生的傢伙帶回古堡了。」翡翠三兩口又解決一條麵包，他拍拍手，告訴桑回新情報，「是在黑沼林裡發現的。簡單來說，我們在林子裡碰上一個被三頭蛇攻擊的冒險團，他們有一個同伴……好像也不能稱爲同伴。反正那個路人甲趁亂搶了別人的重要物品逃走，卻被小蜜蜂戳了脖子，還是戳對穿的那種，又被三頭蛇吞進肚子。」

「聽起來挺慘的。」

「我也覺得。暗夜冒險團說那個路人甲明明已經死了，從蛇肚裡拖出來後卻變成活的，他們也弄不清楚是怎麼回事，只好先把他帶著，看能不能查清原因。」

「暗夜冒險團，馥曼分部的……」桑回聽過這名字，緊接著他低低地「啊」了一聲，「該不會就是住在二樓的那幾個人吧？三男一女，被綁起來的那一個……我猜就是你說的路人甲？」

「你有見到他們？」

「我潛入他們房裡把人全弄暈了。早知道那個路人甲也是死過一次的，我那時眞該順便割一刀試試。」

「看樣子，這裡果然相當有問題呢……我們合作吧。」翡翠冷不防握住桑回的手。

桑回對翡翠已經產生陰影，總擔心自己的肉體會被覬覦，連椅子也坐不住。他整個人貼靠在牆邊，蒼白著臉看著語出驚人的綠髮青年。

「跟誰……合作？」

「我、他，還有你。」翡翠指指自己，再比向斯利斐爾，然後那根漂亮的手指再對準桑回，「而且，你需要人手吧。殺手同伴，真的不考慮一下嗎？」

「好像是這麼回事……」桑回被說得立場動搖。

「您想做什麼？」斯利斐爾低聲問，可不認為這是翡翠的好奇心和正義感在作祟。

「你想想嘛，要是查著查著弄出了大騷動，我不就能趁亂打劫？那座動物園真是看得我心癢難耐呢。」翡翠舔舔嘴唇，「兔子和雞很適合當路上糧食，你不覺得嗎？」

斯利斐爾覺得，他一點也不意外會是這個答案。

那邊糊里糊塗被說服的桑回猛然意識到一件重要的事。

如果他單獨行動都不會出任何狀況，那麼昨天和翡翠他們從相逢到進古堡前，一路上所碰到的大小意外……倒楣的源頭是誰不就很清楚了嗎？

「咳咳，我只有個小小的要求……合作可以，但求求你們，放我一個人獨自行……咳咳咳咳、動吧……」桑回摀著嘴，咳得撕心裂肺，眼淚都快掉出來。

他怕再和這兩人多合作一秒，還沒病發而死，就要先被他們的霉運牽拖害死了！

第二天一早，翡翠彷彿什麼事也沒發生過，慢悠悠地和斯利斐爾一塊下樓，誰也不會發覺他們身後其實還跟著一隻金光閃閃的大綿羊。

開啓隱身能力的桑回小心翼翼地走，不讓自己的蹄子發出丁點聲音。

如果依照桑回原本的計畫，他是鐵了心要跟翡翠他們各自行動的，他實在怕極了前天的各種意外再來一輪。

然而還沒等到他委婉表示雙方之間的氣場可能不太合，那名銀髮紅眼的男人就像已看穿他的想法，冷若冰霜的視線伴隨著沒有溫度的句子一併往他砸了過來。

「要不是你那天誤吃壞運，我們的旅程也不會出那麼多狀況。」

桑回知道壞運是什麼，也聽說過它的威力。但萬萬沒想到，那時候睡著的他竟然在無意中誤吃了壞運嗎!?

不是沒懷疑過吃到壞運的真的是自己嗎？但或許是斯利斐爾的氣勢太迫人，眼神太犀利，一和他對上眼，桑回心中的疑惑火苗頓時消失得無影無蹤。

啊啊，怪不得那天會那麼慘了……嚴格說起來翡翠他們還是被自己拖累的。

桑回心裡過意不去，分頭行動的念頭也被他拋之腦後。

大廳的長桌上照慣例擺了豐盛的早餐。

大量新鮮水果、生菜、麵包，還有兩大壺現榨果汁，桌面被擺得滿滿的。空氣中除了羅娜絲自帶的香氣外，還能嗅到一股淡淡的柑橘類清香，只要深深一吸，就能使人感覺神清氣爽。

幾名戴著面具、穿著深色僕役服的男僕安靜地站在一邊，隨時等候主人的吩咐。

翡翠掃過一圈，發現臉上有疤的巴特萊就在裡面。

「早安。」坐在主位的羅娜絲托著腮，笑臉迎人，一雙緋紅色眼睛神采奕奕，「昨晚睡得好嗎？」

「很好，今天的早餐看起來真棒。」翡翠自動自發地拉了張椅子坐下，馬上有僕人送上餐具。

「今天客人多，我讓人多準備了一些，你們昨天錯過晚餐眞可惜。」羅娜絲端起果汁，淺淺地嚐了一口。

「爲了彌補昨天沒吃到，我今天肯定要多吃一點。」翡翠愉快地享用今日的早餐。斯利斐爾做做樣子，淺嚐輒止，他並不用像人類一樣進食。

在翡翠看來，這位眞神代理人光是吸空氣就能飽了。

雖然食物味道誘人，但桑回心志堅定地不受任何影響。身爲一名優秀殺手，他不會輕易接受來歷不明的食物的。

包括前晚羅娜絲派人送到房內的點心，他同樣將之毀屍滅跡，讓人以爲他全都吃下肚。

翡翠還想多吃一些，可遺憾的是，他有顆熱愛美食的心，卻沒有一個能一口氣容納天下眾美食的胃，只好惆悵地放下刀叉，宣告用餐結束。

「好吃嗎？這些東西的味道還合你們胃口嗎？」羅娜絲熱切問道。

「很好吃。」翡翠坦然回答，意猶未盡地舔舔嘴巴，「你們廚師的手藝眞的太好了，離開這裡以後，我一定會特別想念的。」

注意到羅娜絲還是雙眼發光地緊盯著自己，他無意識地摸了摸後頸，感覺寒毛豎起。對方的目光太過熱情，熱情到讓他不由自主又想起那名水之魔女。

不會又是看上他美貌的偏執狂吧……

應該，不至於。畢竟對方都說自己有戀人了，還爲了他守在這裡。

不管羅娜絲抱持著何種心思，翡翠都打算趕快離開大廳，與桑回一起在古堡範圍內展開搜索。

見翡翠他們離開餐桌、準備往外走，羅娜絲連忙喊道：「等一下，你們不覺得……」

「什麼？」翡翠納悶地回過頭。

「不覺得……精神有變得比較好了？」羅娜絲迫不及待地問。

「大概有吧。」翡翠有種直覺，羅娜絲眞正想問的好像不是這個，但他也說不出對方究竟想從他們身上獲得什麼。

羅娜絲用力緊盯著翡翠和斯利斐爾，盯得她眼睛都痛了，卻什麼也沒看出來。她握著杯子的手指收緊，但臉上表情沒有變化。

半晌後，她露出一抹微笑，「有就好了，晚點我打算親自下廚……翡翠你喜歡甜點嗎？」

「超喜歡！」翡翠一秒速答。

「那眞是太好了。」羅娜絲笑得越發開心，「我有一個蘋果派的食譜，絕對和外面的不一樣，只是得要去摘些合適的香草。」

「是要我們去幫忙摘嗎？」

「不用、不用，我自己去就好，那些香草有的長得和雜草太像，你們可能不好分辨。你們別太晚回來就好，我很期待做蘋果派給你們吃，之前我只做給我的戀人呢。」

「這可眞是我們的榮幸。」翡翠回予笑容，「妳的戀人一定是很好的人吧。」

「他是最棒的！他英俊帥氣、風度翩翩，一個眼神就能讓我小鹿亂撞。」一提起自己的伴侶，羅娜絲捧著臉，雙頰浮上幸福的紅暈，眼裡也染著一層濕潤，眼神看起來水汪汪的，「他醒來的話，我一定會向你們鄭重介紹他的。你們一定也會喜歡上他，因爲他實在是，太太太討人喜歡了！」

「他還在睡嗎？」翡翠試探性地問。

「我也希望他能早日清醒，我相信這個時間點不遠了。」羅娜絲看起來很有信心，

「對了，你們的朋友還沒下來，須要我派人去喊一聲嗎？」

「沒關係，他們肯定很累很累，就讓他們繼續睡吧。」翡翠面不改色地阻止了羅娜絲的好意，不讓她去打擾那一群昏迷人士。

「這樣啊……那我先將剩下的食物撤下好了，等他們醒來再吩咐廚房重弄一批。」

「不介意的話，能留一點別收掉嗎？我覺得我晚點還會餓。」

「當然可以。」

桑回用鼻子頂頂翡翠，提醒他別再聊天了，他們還有正事要做。

「那我們就去附近走走逛逛，我好像都還沒好好參觀這個這地方呢。」翡翠隨口拈來一個向羅娜絲告別的理由。

「若是無聊，可以到前館後面，我的寵物都養在那邊，只要別打開籠子就好。」羅娜絲攏了攏豐厚的棕褐長髮，跟著他們一起踏出了前館，「我很快就會回來的，這次千萬別錯過我的甜點。還有……」

棕髮紅眼的女子頓住腳步，豎起食指，做了一個噤聲的手勢。

「也請不要打擾到我戀人的睡眠喔。」

一與羅娜絲分開，翡翠等人立刻繞去沒有人的地方，讓隱身的桑回重新現身。

金燦燦的綿羊就地一滾，再站起時已是那名病弱的金棕髮男子。

對桑回來說，羅娜絲的外出簡直是意外之喜。

「眞神果然是站在我們這邊的。」桑回輕咳幾聲，早上因氣溫變化，讓他的喉嚨總會特別癢，「羅娜絲不在的話，我們行動上就會更方便，感謝眞神的眷顧。」

翡翠很想告訴他，眞神睡了，眞神代理人就在他身邊，而且這名代理人還很機車。

機車的眞神代理人並沒聽見翡翠的心聲，就算聽見了，也只會冷冰冰地回贈一句話：他才不想聽一個混蛋說別人是混蛋。

「先往這走吧。」桑回早把這裡的建物分布和路線都記在腦中，「除了前館和東館保留得比較完整，其他樓館大概都只剩下輪廓，基本上一眼就能看穿裡面的狀況。我之前已經先巡視完畢，同樣沒發現到什麼。」

「所以我們現在是先到東館對吧。」翡翠看著不遠處的五層樓高塔，壁面上攀繞著粗藤，還有密密的苔蘚聚集在縫隙處，遠看像一塊塊的霉斑附著在上。

雖然外觀和前館一樣破敗，但東館毀損得更嚴重，三樓以上的外牆崩坍大半，待在裡面都能和大自然的冷風來個親密接觸。

如果這都能算是保存完整了，那其他建築物的狀況想必真的很慘。

三人進入東館，分頭行動，倘若有什麼發現就直接拉高嗓子呼喊。依這裡的空曠程度來看，就算是從頂樓喊一聲，一樓的人也能清楚聽見。

東館內留下的東西很少，許多房間不是一片空蕩，就是僅剩幾件大型的笨重家具。

一樓、二樓、三樓、四樓都毫無所獲。

最後三人在頂樓會合。

頂樓的尖塔式屋頂只剩一半，連著半面牆，看起來搖搖欲墜，似乎隨時都可能倒塌下來。

從這裡看過去，正好對著前館頂樓的一扇窗戶。

翡翠站在邊緣，抬手遮著陽光，瞇眼打量那扇小得簡直像牢房窗口的窗戶，心裡生起一絲懷疑。

「我沒記錯的話，羅娜絲說她的戀人就沉睡在那，對吧？」

「沉睡？」羅娜絲幾次提及自己戀人的時候，桑回大多都不在現場，只在剛剛聽聞了一些，「他生病了？」

「不知道。」翡翠踮起腳尖，試圖看進那扇小窗裡，「從她透露出的訊息判斷，她的戀人昏睡挺久了，一直待在房間裡。羅娜絲會待在這裡，就是爲了等他醒來，一起在這個甜蜜溫暖的家生……哇！」

斯利斐爾及時抓住他的手臂，免得世界末日還沒到，這名精靈王就先因失足墜樓自我毀滅了。

「廢墟和黑沼林的組合一點也不溫暖和甜蜜。」桑回跟著將注意力放在前館的頂樓，「如果古堡的另一個主人眞的在那邊沉睡，那我都要懷疑，羅娜絲眞的愛對方嗎？那扇窗戶太小了，陽光很難照進去，而病人需要充足的光線和新鮮空氣，才能有益身心健康。」

「跟我想的一樣。」翡翠彈了下手指，轉頭看著桑回，「那我們就去弄清楚吧。」

「什麼？」桑回訝然，「你想去那邊？但我們的目的是找出能讓人死而復生的關鍵。」

「反正我們也不曉得那個關鍵究竟長什麼樣。」翡翠率先往樓下走，「而且羅娜絲強調了好幾次，她不希望有人到頂樓打擾她戀人的安眠。」

「所以？」

樓梯間的綠髮青年回過頭，陽光映亮他昳麗的面龐，他露出一口白牙，尖長的耳朵無意識地動了動。

「越是禁止人去做，不就是叫我們趕緊去做的意思嗎？」

桑回敢肯定、篤定，以及確定，羅娜絲想表達的，絕對不是翡翠自行翻譯出的那一個意思。

不過去前館的頂樓查探個究竟也沒什麼損失。

況且羅娜絲目前不在，不用擔心會被主人當成現行犯抓住。

「你須要再隱身嗎？」翡翠問道，「巴特萊可能會認出你。」

「他不會。」桑回搖搖頭，「前晚他就沒認出我，昨天我攻擊他時也是相同情況，他就像是壓根不曉得我是誰。」

「失憶？」翡翠提了一個猜測。

桑回還是搖頭，他自己都說不清是怎麼回事。

女主人不在的前館格外靜謐，大廳也沒見到男僕的身影，翡翠等人快步上樓，暢行無阻地來到四樓。

然後他們在四樓走廊轉角處停下。

轉角之後便是能通往五樓的樓梯口，然而樓梯口前卻站著一個人。

看裝扮，是這裡的僕役之一，但那人一動也不動，彷彿負責在這個地方看守，不讓人通過。

這下子，翡翠等人都知道頂樓十之八九有問題了。

就算是要給戀人安寧的環境，但做到像嚴防外人靠近的地步，顯然有些太誇張。

桑回注意到那名看守者臉上的疤痕，「那是巴特萊，那麼打暈他或者殺了他，都不是有效的辦法。」

翡翠明白桑回的意思，巴特萊再一次死而復生的機率太高了。

桑回很快做好決定，「我來引開他吧，頂樓就交給你們負責了，到時再回來跟你們會合。」

「了解。」翡翠果斷接下這個任務。

「小心一點，別大意。也許羅娜絲的戀人會突然醒來，或者是他的危險性比我們預期的更高。」

「到時候就靠我的美貌，征服他。」

「美貌行不通呢？」

「傻，當然是用暴力啊。」似乎是要身體力行地向桑回證明，翡翠猛一抬腳，粗暴地將桑回往外踢了出去。

壓根沒料到會由自身先體會到同伴的暴力，桑回就這麼無防備地暴露在面具男僕的視野裡。

兩人視線正面對上。

桑回二話不說地加快腳步，直直朝巴特萊衝過去，作勢要硬闖至頂樓。

這番動作果然讓巴特萊將他視爲敵人對待。

巴特萊立即展開攻擊，要將桑回制住，卻沒料到對方竟是虛晃一招，轉身就朝另一邊走廊逃竄。

巴特萊追了上去。

一見看守人被成功引走，藏匿在轉角後的翡翠和斯利斐爾迅速上樓，直達頂樓。迎接他們的是一扇雙開式大門，門把上卻纏著粗重的鎖鍊。

那架勢怎麼看，都像是深怕門後的存在跑掉。

假如裡面住的真是羅娜絲的戀人，翡翠都要懷疑這一對是不是要走虐身虐心路線了，才會弄出這麼一齣監禁PLAY。

翡翠低頭擺弄了下門上大鎖，很愉快地發現到，自己的記憶裡還存有如何開鎖這項技能。

由此可見，他在原世界還是個多才多藝的全能型殺手。

「我真是太棒了。」翡翠輕快地說。

斯利斐爾只是以憐憫的眼神看著自己的主人，轉換成實體彈幕大概就是——我的主人失憶、失智還是個智障，今天症狀看起來更嚴重了。

翡翠花了一點工夫，順利解開鎖。將鎖鍊扔至地上，他謹慎地以雙生杖將其中一面門扇往內推開一條縫隙。

房內一片寂靜，丁點聲音都沒有。

翡翠調動全部注意力聆聽，驚愕地發現到一件事——裡頭甚至連呼吸聲都沒有。

這房間到底關著什麼？眞的有人……或是其他生物存在嗎？

抱持著滿腔疑惑，翡翠先往旁邊退，然後一個使勁將被推出細縫的門扇往內撞開。都弄出了這麼明顯的動靜，門後卻依舊是靜得針落可聞。

「您大可以讓在下先進去查探。」斯利斐爾冷靜道，「而不用做這些無用工作。」

翡翠捏緊杖身，對斯利斐爾露出甜美卻盛滿殺氣的微笑，「而你，可以不要在我做完這些後才放馬後砲嗎？現在，進去。」

斯利斐爾步履優雅地步入房間，幾秒後，他聲音響起，「您最好進來看一下。」

「怎麼了？該不會羅娜絲玩監禁PLAY，結果眞把她的對象搞死了？她的戀人其實早就成一具乾……」踏入房內的翡翠瞬間沒了聲音。

只開了一扇小窗戶的房間被布置得美輪美奐。厚實柔軟的地毯，布幔塡滿了整個空間，天花板還灑滿宛若碎鑽的銀白晶體，乍看像是站在星空之下。

房裡沒有翡翠預想的乾屍或是骸骨，甚至連一間臥室該有的寢具都沒有。

唯獨正中央擺著一張金銅色的小圓桌，桌上立著一個大約小臂長的透明玻璃罩。

至於玻璃罩裡面，擺的是……

一條白蘿蔔……乾？

第9章

翡翠呆愣地站在房門前好一會，幾次眨眼後，發現面前的景象不曾改變，他開始懷疑是不是自己開門的方式錯了。

否則怎會看到一根只剩一片葉子猶然不離不棄的蘿蔔，被如同對待珍寶般，精心保存在玻璃罩裡。

蘿蔔本體分岔的部分捲成皺巴巴的一團，雪白的表面像風乾過後，失去原本的飽滿而變得乾癟。

翡翠聽過金屋藏嬌，還是頭一回知道金屋藏蘿蔔的。

羅娜絲的喜好未免太過獨特了一點。

「這就是……羅娜絲沉睡不醒的戀人嗎？」翡翠走近圓桌，表情複雜地觀察起這根乾巴巴的蘿蔔，「這算什麼？人蘿……不，人植戀嗎？這口味也太重了。不，或許我該以清新又正直的眼光來看待，說不定這只不過是她的儲備糧呢。這樣就說得通了，這一定是一根絕世美味的蘿蔔！」

翡翠越想越覺得是這麼一回事，他低下頭，想要仔細看看這根蘿蔔有哪裡特別，竟能被如此對待。

這一看，翡翠瞳孔頓地縮起。

如果他沒看錯，這根風乾蘿蔔上面隱約有類似五官的線條，而且那些捲成一團的分岔……是手腳嗎？該不會眞的是手腳吧！

也就是說，這很可能就是世界任務裡提到的會跑會跳的神奇蘿蔔？

還沒等翡翠迫切地掀開玻璃罩證實，斯利斐爾倏地出聲。

「在下要您看的其實是桌子底下。」

「桌子底下？」

翡翠只好壓下迫不及待的心情，依言彎腰往桌底一探，「我好像看到一隻雞……慢著。」

他抽了口氣，急急往後退幾大步，再蹲下身，確保能把桌下東西看得一清二楚。

支撐桌面的桌柱造型奇特，顏色是玉白色的，外觀則是一隻小雞踩在一隻烏龜上。

「浦島太雞！」翡翠的抽氣聲更大了，「竟然在這裡！」

下一秒他又站直身體，視線直勾勾地盯著玻璃罩裡的白蘿蔔，一隻手忍不住摀上胸口，免得心臟激動得跳出來。

神奇蘿蔔和浦島太雞，居然一口氣都在這裡找到了！

翡翠一個箭步上前拿起玻璃罩，手指快狠準地往疑似蘿蔔眼皮的地方戳下去。

說時遲、那時快，蘿蔔睜開眼睛了。

雖然很細，但那的確是一雙貨真價實的瞇瞇眼。

翡翠的兩根手指及時煞車，沒有釀成慘劇。

緊接著，在場兩人都聽見一聲虛弱的「水」。

翡翠反射性看向斯利斐爾，以眼神詢問是他在講話嗎？後者倨傲地微抬下巴，要他仔細聽清楚。

第二聲「水」再度出現，赫然是來自蘿蔔的嘴巴。

翡翠認真檢查一遍，有眉毛、眼睛、鼻子、嘴巴，蘿蔔表面確確實實地浮現了一張臉，平面的五官如今正組成一副痛苦虛弱的表情。

「這是一根人面蘿蔔。」翡翠以學術口吻宣布。

「您還沒確認過它能不能跑跳。」斯利斐爾提醒，「能不能跟您玩『來啊來追我』的遊戲。」

「重點是會跑會跳就行了吧，誰要跟一根人面蘿蔔玩那種遊戲。」翡翠看著那根眼看就要掉光葉子的蘿蔔，從背包裡找出了水，擰開瓶蓋，半瓶水嘩啦嘩啦地往下倒。

奇異的事發生了，灑在蘿蔔身上的水全被它吸收進去，水珠沾到它的表皮就「咻」地消失不見。

蘿蔔緊皺的五官逐漸舒展開，形成安詳的表情。

幾秒過後，圓桌上的蘿蔔起了偌大變化。

那具乾巴巴的身體驟然膨脹起來，綠油油的葉片從頂端竄伸而出，且手腳伸展了開來，轉眼間，便從蘿蔔乾變成了白白胖胖的大蘿蔔。

翡翠還沒來得及爲這幕變身秀鼓掌，恢復精神的人面蘿蔔忽然搗嘴科科一笑，葉片抖動，下一秒，以誰也沒有預料到的驚人速度跳下圓桌。

就算翡翠眼明手快地拿起玻璃罩往下一罩，也還是讓人面蘿蔔成功脫逃，投奔向房

裡唯一的小窗口。

見狀，翡翠迅速祭出自己的雙生杖，想將那根過河拆橋的蘿蔔勾回來。

但是！

蘿蔔敏捷地閃過偷襲。

蘿蔔靈巧地爬上牆面。

蘿蔔跳出窗外，像隻重獲自由的鳥兒飛向無垠藍天。

姿勢完美，就連追在它後頭的翡翠都想給它滿分十分。

然後，蘿蔔就筆直地從五樓摔下去了。

翡翠一個箭步來到窗前，奮力撐高身子，探頭往底下一看。就見到頂著油亮綠葉的白蘿蔔呈大字形趴在地上，可緊接著又有了動靜。

「斯利斐爾快追！」翡翠馬上往房外跑，把追蹤的工作扔給斯利斐爾，以免弄丟了人面蘿蔔的行蹤，自己則一路往樓下狂奔。

精靈就算全速奔跑也不會製造出太多聲音，甚至可說安靜得很。

等翡翠跑到前館外頭，那根墜樓的人面蘿蔔果然已不見蹤影，只在地面留下一個造型奇特的凹坑。

翡翠用腳將那個坑洞抹去原本形狀，專心在腦內呼喚起斯利斐爾的名字。

斯利斐爾的訊息很快傳遞過來。

翡翠精神一振，即刻朝對方說的方向飛奔而去。

「它在哪裡？」

翡翠一與斯利斐爾會合，立刻壓低聲音發問。

他按照斯利斐爾提供的情報，一路追蹤到古堡的範圍外。沒了丹紅玫瑰，稀薄的灰塵霧氣重新席捲上來。

這地方離古堡不會很遠，位於古堡更後側之處。爬滿灰苔蘚的樹木看似雜亂無章，但細看之下，會發覺到有一個小區域被隱密地包圍起來。只要突破那些如同柵欄的樹木，就能瞧見一片被隱藏的平坦空地。

那根事關世界存活日能否再延長的人面蘿蔔，此刻就在空地中央。

翡翠與斯利斐爾選擇藏身在樹上，從高處往下看，地面的詭異之處也被納入眼中。

深黑色的土地上，被密密麻麻寫滿了無數的字。

禁禁禁禁禁禁禁禁地禁禁禁禁禁禁禁

一眼掃去，看見的幾乎都是「禁」字，唯獨人面蘿蔔身前，是一個「地」字。

「這到底算是隱晦地告訴人家這裡是禁地，還是巴不得讓人知道這裡是禁地？」翡翠都被弄迷惑了，「斯利斐爾，你知道這地方是怎麼回事嗎？」

「一種封印之術。」斯利斐爾說，「準備工作不算太麻煩，只要在施術地點先刻滿四千四百四十四個『禁』字，每一字都要求端正工整，不准太過潦草，不准省略筆畫，字與字之間也不准重疊到。然後再收集……」

「停，不用然後了，聽起來根本就超麻煩的。」翡翠打斷斯利斐爾的敘述，「既然是一種封印之術，就表示有某個人使用了，爲了封印某個東西。姑且不論被封印的是什麼，施術者會是誰？」

這裡離古堡很近，而就目前所知，和人面蘿蔔有交集的人選是……

「羅娜絲。」翡翠喃喃低語，想不明白假如眞是古堡女主人所做，她的目的究竟是什麼？

「嗚嗚嗚……」人面蘿蔔沒察覺到翡翠二人的到來，它發出疑似哭泣的聲音，跪在地上，雙手搥打著地面，接著又開始刨起土，就好像底下埋有對它極爲重要的存在。

刨了一分鐘，人面蘿蔔就氣喘吁吁，似乎氣力用盡地往旁邊倒下，小眼睛裡流下不甘心的淚水。

翡翠沉默地看著那個小淺坑，再看向那根緊搗著胸——假設那是胸部位置——一副隨時累到要猝死的蘿蔔。

這耐力也太差了吧。

「垃圾。」斯利斐爾的感想更簡潔。

「不不不，這肯定比垃圾還高級，它還能吃呢。」翡翠沒忘記有關蘿蔔．蘿蔔．蘿蔔的資訊，「我們去幫它一把吧，然後再要求它用肉體作爲報答我們的報酬，完美！」

想到就行動是翡翠的信條之一，話聲剛落下，他敏捷地自樹上跳下，主動與人面蘿蔔打了招呼。

「嘿。」

乍然現身的兩人讓人面蘿蔔一震，反射性挺起身子就想躲，但才撐起三十度角，白胖的身軀又倒了回去。它緊緊地摀著胸口，小眼睛裡盛載著畏怕的淚水。

那欲拒還迎的模樣讓翡翠舔嘴角，轉頭對斯利斐爾悄聲說，「它身材好辣啊。先弄點蘿蔔絲，再找一些野菜涼拌，淋上油醋醬，撒上白芝麻，感覺一定很開胃。唉，爲什麼桑回偏偏是人，不能只是隻羊嗎？蘿蔔跟羊肉一起燉煮也很好吃的說。」

「別浪費時間，您該做正事了。」斯利斐爾把翡翠的腦袋扳正回去，讓他直視那根當事蘿蔔。

人面蘿蔔沒聽見翡翠的悄悄話，否則它就算爬不起來，也要用滾的遠離這名肖想它冰清玉潔身體的邪惡妖精。

「這下面有東西對吧。我可以幫你挖，不過你不准再逃跑。別擔心，我們沒有惡意。」翡翠露出明麗的笑容，將「最多只有食欲」這句話吞進肚子裡。

他不確定能不能跟一根蘿蔔成功溝通，不過從對方放下戒備的兩隻手、往旁讓開的舉動來看，顯然是沒問題的。

翡翠隨便找了顆稜角分明的石頭充當臨時鏟子，將深黑的土壤刨開。沒有花上太多時間，石頭就碰觸到一個硬物，「斯利斐爾，過來幫我。」

「在下拒絕，那會弄髒在下的手套。」

「少來，別以為我不知道你隨時可以再變一副新的。你不過來幫我，我就把土抹你臉上。」

斯利斐爾繃緊臉部線條，還是暫時性地屈服在這個邪惡的脅迫下。

在兩人合力之下，埋在黑土裡的東西很快就被完整挖出。

翡翠愣了一下，映入眼中的是個純黑長方形木盒，一端寬、一端窄，令人聯想到小棺材。

翡翠捧著那個木盒搖了搖，沒聽見什麼聲音，而且意外地很輕。他又湊近邊緣聞了聞，也沒有奇怪的味道。

他將疑似小棺材的木盒撬開，心中亦做好可能看見一些驚人畫面的準備。然而撞進兩人眼中的，赫然是——

一隻兔子玩偶。

翡翠震驚了，竟然還不是一隻真的兔子！

白色的兔子玩偶被五花大綁地放在盒裡，雙手反綁在後，兩隻腳強迫開開，乍看下挺像人字形。它的兩顆眼睛是由鮮紅色的鈕釦縫上，長長的兔耳朵縫了粉紅的內裡，頭上別了一個大大的粉紅蝴蝶結。身上的縫線歪七扭八，看起來只能用粗糙來形容，背後還揹著一個大包包。

人面蘿蔔喜極而泣地爬過來，伸手指著盒裡的兔子，「解……解……」

翡翠慢了一拍才領悟過來，是要解開兔子玩偶身上的繩子。他三兩下就完成這個工作，靜待兔子玩偶的變化。

一秒過去，兩秒過去，三秒過去，當時間來到第四秒的瞬間……

「呀啊啊啊——」重獲自由的兔子玩偶猛地彈坐起來，揪住自己的長耳朵，張嘴就爆發出一陣長長尖叫，「啊啊啊啊——」

高分貝的叫聲讓翡翠不得不掩住耳朵，殺傷力簡直媲美一整群幼稚園小朋友一起放聲號叫。

尖叫完的兔子玩偶重重地喘了幾口氣，起身踏出先前囚禁它的小木盒。

人面蘿蔔熱淚盈眶地撲了上去，葉片彷彿都在感動般顫抖著。

兔子玩偶安撫地摸了摸蘿蔔，再一把抓住它的兩端，抬起腳，以膝蓋頂著，乾脆俐落地將它從中折成兩半。

但是事情還沒結束。

將人面蘿蔔折斷之後，兔子玩偶將蘿蔔的下半身塞進包包裡，而仍在發出嗚嗚嗚呻吟的上半身……

被兔子玩偶放至嘴邊，然後「卡嚓」一聲咬下，吃進了它的肚子裡。

誰也沒有想到，重獲自由就奔來救兔子玩偶的人面蘿蔔，竟然會被它奮力想救出的兔子玩偶給吃了。

它被吃了。

就這麼被卡卡卡地吃掉了！

突來的發展震懾住了翡翠，也震懾住見多識廣的斯利斐爾。

「哇……喔。」翡翠費了好一番力氣，才終於把大張的嘴巴縮小。

他現在有三個疑問。

一，玩偶能吃東西嗎？

二，人面蘿蔔是不是很好吃？

三，人面蘿蔔是不是很好吃？

「您那是兩個問題，您把您的內心話說出來了。」斯利斐爾恢復沉穩，慢條斯理地將弄髒的白手套脫下，換上一雙新的。

既然都被聽見，翡翠也不掩飾了，馬上求知欲旺盛地盯住兔子玩偶，「你吃下去的東西怎麼消化，你會大便嗎？」

「你說……什麼？」兔子玩偶震驚到連蘿蔔都不咬了。

「你會大……」翡翠話才說到一半，就被一隻褐色大掌霍地摀住嘴巴。

「你吃進去的東西會成爲穢物，然後成爲排泄物從你的肛門出來嗎？」斯利斐爾流暢地把話接下去，再轉頭瞪了翡翠一眼，「您那說法太粗俗了。」

翡翠眨眨眼，他覺得斯利斐爾的版本聽起來也沒多好呀。

很顯然地，與翡翠有相同想法的還有那隻兔子玩偶。它倒抽了長長一口氣，接著勃然大怒地朝斯利斐爾和翡翠尖叫。

「大便！你們居然問一隻淑女兔子會不會大便？還對一隻又美又純潔的淑女兔子使

用了『肛門』兩個字！如此的下流，如此的沒水準！絕望了！你們簡直無禮到令我無比絕望的地步了！」

兔子玩偶的聲音又尖又細，有如孩童無理取鬧般拉高了聲音吵鬧。它的兩隻長耳朵「噌」地豎直，大大扁扁的腳掌氣憤地不斷拍擊地面。

「我告訴你們，我當然不可能做出那種低級的事情！我可是一隻兔子玩偶，你們有看過哪隻玩偶會大小號的嗎！」

「但也沒玩偶會吃東西啊。」翡翠指出。

「囉嗦、囉嗦！我在吃，所以就是有！誰規定兔子玩偶就不能吃蘿蔔了？我可是一隻堂堂正正的兔子耶！天啊，真受不了，看在你們救了本小姐的份上，我只好大發慈悲地原諒你們這次的無心之舉，並寬宏大量地告訴你們我的名字！」

「小姐，所以妳果然是一隻母兔子？」翡翠的視線落在那個粉色蝴蝶結上。

「沒禮貌、沒禮貌，我是一隻美少兔，才不是什麼母兔了！」兔子玩偶又卡卡卡地連咬了好幾口蘿蔔。

「啊，臉被吃掉一半了。」

「不吃快一點，還得聽它啊啊啊地呻吟，很煩兔的。」兔子玩偶的大腳掌拍了拍地面，力道變得小一些，代表著被激起的火氣也消減不少。它清清喉嚨，鄭重地自我介紹，「我是史賓賽二世，會叫二世是因爲我偉大又令兔尊敬的前輩才是一世，才是眞正的史賓賽閣下。不過這名字聽起來太不少女了，我鄭重宣布，我現在就改名叫思賓瑟！以後請稱呼我爲思賓瑟小姐……等等，還是公主？思賓瑟公主好像超棒耶！」

「思賓瑟，蘿蔔好吃嗎？」翡翠自動省略了那幾個稱呼，鍥而不捨地追問道。

思賓瑟顯然沒想過會有人問它這麼一個問題，它停下啃蘿蔔的動作，目光犀利地看向翡翠。

一人一兔的視線撞個正著。

「綠頭髮的妖精，你覺得這蘿蔔怎樣？」

「長得猥褻，但內裡多汁又爽脆。」

一人一兔繼續瞬也不瞬地對視。

確認過眼神，是同爲吃貨的兔／人。

思賓瑟對翡翠的友情度上升了十幾點，歇斯底里的語氣也轉爲和緩，「你們是誰？

為什麼會在這裡？還救了我。」

「我們是跟著你正在吃的蘿蔔過來……啊。」翡翠露出不妙的表情，「慘了，斯利斐爾。雖然我們的確是找到蘿蔔，但它現在被吃了，已經不再是完美的它了。這樣子，我們有算完成任務嗎？」

斯利斐爾反問，「您有聽到聲音再響起嗎？」

「很想說有。」翡翠沉痛地說，「但沒。」

「意思是你們需要一根完整的蘿蔔・蘿蔔・蘿蔔嗎？」思賓瑟完整說出人面蘿蔔的學名，由此可見它清楚這是怎樣的植物，「很簡單啊，它很容易就養活的。我到時候分你們它的一根腿毛，你們再帶一把黑澤土回去種，很快就能再長出一根新的了。」

「這也太容易了！」翡翠驚歎，「那妳和人面蘿蔔……我覺得這樣比較好叫，它的學名太拗口。你們彼此間是什麼關係？它被我們放出來後，就飛奔到這邊想救妳……」

「等等。」思賓瑟抬起手，把剩下的蘿蔔卡卡卡一口氣吃完，再「噗哈」地吐出一口氣，「好了，能好好說話了。它和我就是吃與被吃的關係啊，蘿蔔的天職就是被兔子吃掉，你們不是看到它一臉幸福地被我吃了嗎？」

「我只看到它痛苦地呻吟著呢。」翡翠誠實地說。

「那是幸福、幸福！你的眼睛是裝飾品嗎？」思賓瑟大聲說，「既然蘿蔔是你們放出來的，那你們有見到羅娜絲那個可惡邪惡的女人嗎？是她把我封印在這裡的。我和蘿蔔三個月前從北大陸來到南大陸，想找個能生出更多蘿蔔的地方，誰想得到一來到黑沼林，那個可惡邪惡的女人就看上了我的蘿蔔！」

「打岔一下。」翡翠不得不提出疑問，「誰，看上誰？」

思賓瑟比比蘿蔔從背包伸出的兩條腿，再比比古堡所在方向，「你口中的人面蘿蔔，被那座城堡的羅娜絲看上了。她竟然敢肖想蘿蔔，這可是本小姐的食物。身為蘿蔔的主人，我當然要用盡各種手段保護它的肉體與它的清白，絕對不能讓它被玷污了！然而那個卑鄙的女人，居然趁我大意搶走了它，還把我封印起來！幸好你們把它從那女人的魔掌中釋放出來，否則等蘿蔔的葉子全掉光，它就徹底失去逃跑的能力了。」

思賓瑟說起話來又急又快，猶如子彈從槍口疾射而出，噠噠噠，一不留神就會錯過話中內容。

好在翡翠將它說的每一句都捕捉到了。他瞪圓了眼，意識到一項衝擊的事實。

金屋藏蘿蔔是存在的。

監禁PLAY也是存在的。

羅娜絲對人面蘿蔔的愛，是真的！

翡翠和斯利斐爾對看一眼，腦海中不約而同地躍出羅娜絲對自己戀人的溢美之詞。

英俊帥氣、風度翩翩，一個眼神就能讓人小鹿亂撞……

認真的嗎？

對一根蘿蔔？

「你們這世界的跨種族之戀實在太厲害，完全超出我的想像。」翡翠衷心發出欽佩，「原來法法依特大陸的包容性那麼強大，人植戀耶。」

「啊？誰跨種族了？」思賓琵的兩顆眼睛間折出三條細紋，彷彿是在皺著眉頭，「人植戀又是什麼？人類跟植物嗎？沒有人類呀，從頭到尾明明就是同種族之戀。」

翡翠懷疑自己聽錯了，「誰跟誰同種族？」

「唉呀……」思賓琵看翡翠二人的眼神像看兩大塊朽木，「當然是羅娜絲跟蘿蔔，羅娜絲也是植物啊。」

「咦？咦咦咦咦？」

「你們難道不知道嗎？她是植物系魔物啊，還最喜歡把人類變成動物，養在她的籠子裡當寵物呢。」

第10章

與翡翠他們分開後，桑回將窮追不捨的巴特萊引到了無人的角落。

確認過四下無人，附近又是一個適合藏屍的好地方，他抽出筆刀，銀光鋒利一閃。

巴特萊的喉嚨被俐落地一刀割斷。

桑回將筆刀上的鮮血甩去，任憑那具戴著半截面具的男人軀體重重倒下，鮮血迅速從裂口處流淌出來，將深色的土壤染得更暗……

桑回收起筆刀，掩著嘴咳了咳，沒多理會玫瑰花叢下的冰冷屍體。他知道再過不了多久，那個被他殺過數次的男人又會再次爬起。

也許他下次該試試看割下對方的腦袋？

這念頭只在桑回心中兜轉一圈就被打消。萬一巴特萊變成無頭僕人歸來，那畫面也太驚悚了。

不知道翡翠他們那邊進行得怎麼樣了？

桑回把大衣的領子攏得更緊一點，快步往前館移動。

從他引開巴特萊，到解決他，用去的時間不算太久，甚至可以說是挺短的。他對自己殺敵的效率一向很有信心，但還是得趕緊回去和翡翠他們會合才行。

尤其這座古堡的主人隨時都會回來。

必須去弄醒暗夜冒險團的人，不能讓他們在這地方久留，這裡太不對勁了。

桑回一邊在腦中快速估算著要做的事，一邊強忍著喉嚨竄上的癢意，將咳嗽聲憋在嘴裡，快步回到了前館。

然而他剛一踏進大廳，映入眼中的卻是令他意想不到的發展。

以為應該還在昏睡的暗夜冒險團，竟比預期的還早醒過來。

並且將翡翠預定保留的食物，當成是古堡主人特意為他們準備的早餐。

他們之間氣氛輕鬆愉快，專注享用著繽紛的生菜沙拉、水果，還有香軟的麵包。

「快住……咳咳咳咳！」桑回一開口，先前憋住的咳嗽頓時衝了出來，讓他一時無法好好把話說完整。

這番劇烈的咳嗽聲讓伊迪亞、佩琪和加爾罕嚇了一跳，急急回頭，終於發覺到大廳還有另一人的存在。

那是一名陌生蒼白，並且虛弱得像個病患的金棕髮男人。

「誰？」佩琪三兩口就把麵包塞入嘴巴裡，一把抱緊旁邊的大背包，含糊地高聲質問，「泥素什麼忍！」

「你是什麼人？」伊迪亞比自己的同伴冷靜一些，他口齒清晰地問完話後，才將暫時塞在腮幫子處的食物吞嚥下去。

加爾罕趁著兩名同伴質問之際，把桌上的野蘑菇醬一口氣都搜刮過來，全部抹上他面前的圓形大麵包。毫不在意自己的鬍子會沾上抹醬，他大口地咀嚼，把滿口醉人的鮮香都吞進肚子裡。

「我是……桑回。」桑回總算緩過來，啞聲地開口，「你們是馥曼的暗夜冒險團對吧。你們得盡快離開這裡……咳咳，這邊不適合再待下去。」

「桑回？」伊迪亞覺得這名字好像似曾相識，曾經在什麼地方聽聞過，可一時半會翻找不出符合的記憶。

反倒是忙著吃野蘑菇醬麵包的加爾罕一愣，緊接著他錯愕地抬起頭，「難道說，是華格那的桑……」

加爾罕沒來得及把剩下的最後一字說完。

事實上，不僅他，就連伊迪亞和佩琪也都無法再將話說得完整。

暗夜冒險團的成員們齊齊倒在桌面上，碗盤被撞翻，發出響亮的聲響。

桑回一凜，中毒是最先冒出的念頭，可接著發生的事，令他瞳孔驟然收縮。

伊迪亞、佩琪和加爾罕的外表產生了劇烈異變。他們體型縮小，五官和四肢變形，濃密的皮毛覆蓋了原先光滑的皮膚，身上的衣物也隨之不見蹤影。

只不過幾個眨眼，長桌前的三人就消失無蹤，取而代之的是三隻圓滾滾、黑漆漆的胖蝙蝠。

猛一乍看下，還以爲是三團黑煤球。

三隻蝙蝠在桌上打轉了幾圈，就像醉酒般地「啪噠」倒下。

桑回呆立原地，一時難以回神。

這種變化和他們獸人族的轉變是截然不同的。發生在伊迪亞他們身上的異變，更像是殘忍地強行扭曲他們的形態，迫使他們成爲另一個物種。

驀地，桑回想到了羅娜絲的寵物區，想到那些大型鳥籠裡的動物，後頸的寒毛頓時根根豎起。

那些該不會都是……來這借住的人們變成的吧？

「咦？你不是翡翠的同伴嗎？你是回來找他們的嗎？」悅耳的女聲冷不防響起，挾帶著一絲淡香傳來。

桑回身子繃緊，猛然回過頭。在他沒有留意到周遭動靜的時候，這座古堡的女主人就回來了。

羅娜絲手裡握著幾株猶帶泥土的植物，面帶疑惑地走了進來，視線很快被桌上三隻圓蝙蝠吸引過去。

「眞不好意思。」羅娜絲還是一臉柔和的笑容，看著三隻圓蝙蝠的眼神滿是憐愛，「我的小寵物們又亂跑出來了嗎？還把這裡弄得一團糟……看樣子得替牠們訂製更小的籠子才行呢，免得牠們老是趁機從縫隙鑽出來。」

若桑回沒有目睹全程，也許他就會相信羅娜絲的說詞了。

而對方的說法無疑也證實了他的猜想。巨型鳥籠裡的那些動物，果然都是……

「抱歉，擅自又來打擾……咳咳咳。」桑回低咳幾聲，利用攏緊大衣的姿勢飛快抽出幾把筆刀，不著痕跡地藉由袖口遮掩。他維持著一副不引人懷疑的病弱模樣，打算先從前館撤出去再說，「我想起有事忘記跟翡翠他們說，這才又折回來，咳咳……」

能夠將人類變成動物，羅娜絲絕不可能是普通人。

在沒掌握足夠資訊之前，桑回不準備貿然與對方動手。他不顯出一絲異樣，慢慢地往門口移動。

羅娜絲的注意力似乎都放在三隻圓蝙蝠上，比起在意桑回的去留，她更迫不及待想去桌前看看她的寵物們。

一切幾乎都往桑回的計畫發展。

是的，幾乎。

只要巴特萊沒有突然闖進來的話。

第三人的腳步聲讓羅娜絲下意識回頭，站在眼前的人影讓她的笑容瞬間覆上寒霜。

「爲什麼你會在這裡？我不是命令你……！」嚴厲的喝聲倏地歇止，羅娜絲紅眸瞪大，似乎反應過來了巴特萊出現在此只有一個可能——

頂樓的房間，出問題了！

「不不不，不會的……」羅娜絲喃喃自語，雙手緊緊交握，就連桌上的新寵物也不在乎了。

與此同時，桑回懷疑自己是否眼花了。否則他怎麼會看見羅娜絲的頭髮變長，從小腿的位置增長至地板上？

不對，不是錯覺，她的頭髮真的在變長！

深淺交錯的棕髮暴長無數倍，如同虬曲的樹根，迅雷不及掩耳地朝上直衝，貫穿了上頭的天花板，帶出連串猛烈破擊聲。

不過一轉眼，羅娜絲的長髮再度歸位，髮梢纏捲著一個透明的玻璃罩。

裡面什麼都沒有。

羅娜絲低頭看著那個空無一物的玻璃罩，垂下的髮絲遮住她的表情，只能瞧見她肩頭顫動，捧著玻璃罩的手指越縮越緊。

桑回全身緊繃，警鐘在腦內大響，要他用最快速度遠離這個地方。

快逃！

但是，來不及了。

棕髮紅眼的女子下一秒抬起頭，瞳孔裡的緋紅滲出，將眼白部分吞噬得一乾二淨，艷麗的面龐突起一根根細小根鬚。

「啊啊啊啊啊！」羅娜絲放聲尖叫。

玻璃罩霎時化爲齏粉，無數粗大的樹根從地板牆壁破壁而出，彷佛它們打從一開始就一直靜靜地蟄伏在裡面，直到甦醒時刻到來。

這些樹根瘋狂擺動抽打，短短時間便將大廳蹂躪成一片狼藉，就連門口的巴特萊也被視爲障礙碾壓。

桑回在羅娜絲剛發生異變之際就採取了行動，然而掃來的樹根截堵了他的去路，另一條樹根則緊緊纏捲上他的身軀，只留一顆腦袋露在外面。

強悍的擠壓力道差點讓桑回一口氣就這麼岔過去，他虛弱地吸氣，視線對上羅娜絲的紅眼睛。

「是你、是你……」羅娜絲的臉上再也找不出曾有的熱情明艷，「是你讓我親愛的逃走了，一定是你！翡翠他們也是你的同夥嗎？」

桑回很想說，雖然他和翡翠二人是同夥，但讓她戀人逃走一事，眞不是他幹的。

「你們嫉妒我和親愛的互相愛慕，嫉妒親愛的英俊不凡、威風凜凜！」

不，我不是，我沒有，別胡說八道！而且妳親愛的要是眞愛妳，他還逃什麼逃？

桑回的嗓子燒灼得難受，他拚命地想證明自己的清白。

可惜羅娜絲沒給他說出口的機會，她手一抬，那差不多快把桑回包成繭的樹根直接勒暈了他。

「別以爲我會輕易放過你們，一個一個……我都不會放過。」羅娜絲在幾乎化成廢墟的大廳中露出動人的笑靨，可一雙徹底染紅的眼眸沒了溫度。

就像是這座黑沼林，陰暗、濕冷。

宛如蛇群蠕動的樹根捲帶著昏迷的桑回和三隻蝙蝠，溫馴地環繞在羅娜絲身後。

羅娜絲輕輕地笑了，身上的香氣也越加濃烈。她看著如鬼魅般出現在陰影下的多道人影，包括不久前被發狂樹根擊斃的巴特萊。

「我的僕人啊，去把我的戀人找回來。還有那個綠髮妖精跟他的僕人，留他們一口氣，把他們帶回來給我，我的新籠子有很適合他們的位置。」

翡翠等人匆匆趕回前館時，就知道來不及了。

前館一樓像被某種無形力量粗暴地肆虐過一輪，地面牆壁布滿無數裂縫，曾經富麗堂皇的大廳如今變得殘破不堪。

只剩下那張總是陳列著眾多美食的長桌，依然完好無缺地屹立著。

「我的點心！」翡翠震驚地看著只剩食物渣渣的桌面，胸口一窒，感覺快要無法呼吸，「誰吃了它們！」

「你沒吃到是你幸運，吃下去，你就等著成爲羅娜絲的寵物吧。」跟隨而來的思賓瑟靈活地跳上桌子，繞著桌邊打轉，像個偉大的女王巡視它的領土。

「那些食物果然有問題啊。」翡翠對這答案不感到意外。這也很好地解釋了羅娜絲爲什麼會如此熱衷招待客人，以及她昨日見到他們下樓時露出的震驚。

想必在她的預想中，他們早該變成動物了。

翡翠仰頭盯著天花板上的窟窿，從底下往上看，竟能一路遙望到最頂樓的屋頂。

看樣子，羅娜絲已經知道她金屋裡藏的那根蘿蔔跑走了。

思賓瑟一腳踢開桌上的一個碗，卻遲遲沒聽見碎裂聲。它探出頭一看，這才發現那個碗正巧倒扣在一個大包包上。

「這是什麼？誰的？誰的？」思賓瑟敏捷跳下，想拉開背包拉鍊，但布偶的手顯然無法做這麼精細的動作，「喂喂喂，快過來，快來幫本公主打開！」

「這是……」翡翠將背包放至桌上，打開來一探究竟，裡面露出的洋娃娃證實了他的猜想，「是伊迪亞他們的東西。」

「伊迪亞？誰？」思賓瑟奮力地把洋娃娃從包裡拿出來，摸著下巴端詳起來，得出一個結論，「我可以把它的衣服扒下來嗎？美少兔也是需要一件華麗衣服的。」

「暗夜冒險團的人，還有，不可以。」翡翠拎住思賓瑟的後頸，阻止它對一隻洋娃娃伸出魔爪，「這是暗夜冒險團重要的寶物，雖然他們現在應該被抓走了，否則也不會把包包留在這裡。就是不知道桑回的情況怎樣了？」

「那個看起來走沒幾步路就會昏倒，咳嗽幾聲就可能要咳血，頭髮像閃亮亮砂子的男人嗎？」

「對，就是那個看起來隨時會不行，但拖到現在也沒看他真的不行過的……」翡翠話語一頓，霍然意識到自己正在和一道陌生的聲音說話。

那聲音雖然細嫩，宛若小孩子，卻和思賓瑟的尖銳有著極大的差異。

「誰？」翡翠警覺地環視四周，可沒瞧見他們兩人一兔以外的存在。

「不是我、不是我。」思賓瑟搖頭否認。

「是我！是我！」那個聲音熱烈承認。

猝不及防間，翡翠的肩頭被一隻冰冷不帶溫度的手從後扣住，還沒等他回過頭，思賓瑟就先捧著臉尖叫。

「鬼啊啊啊啊！娃娃活過來了啊啊啊啊！」

娃娃？暗夜冒險團的那個洋娃娃！

翡翠猛地扭過腦袋一看，前一刻還安靜待在背包裡的紫髮洋娃娃，這一刻竟貼靠在他背後。冷白但柔軟的小手搭著他的肩，像是兩顆玻璃珠的銀白色眼珠正瞬也不瞬地瞅著他。

哇，真像鬼片會有的橋段呢。翡翠冷靜地在心裡點評。

非當事兔的思賓瑟則陷入完全不冷靜的狀態，「翡翠快逃！再慢一秒你就會被這個鬼給吸血，給拆出骨頭，給絞碎內臟，給挫骨揚灰！嗚嗚嗚，翡翠你死得好慘啊……身為一隻優秀的好兔子，我會懷念你的……」

在思賓瑟的哭號聲中，斯利斐爾伸出戴著白手套的右手，以兩根手指夾住思賓瑟的耳朵，再將它往最遠的角落扔過去，「啪」地砸上牆壁。

世界恢復了清靜。

斯利斐爾甩甩手，彷彿上面沾上了看不見的髒東西。

「嗨。」洋娃娃咧開天真的笑容，小手仍是緊巴著翡翠不放，「你好漂亮呀，我可以吸你的血嗎？」

「妳是吸血鬼？」翡翠當機立斷和洋娃娃保持安全距離。

「吸血鬼？那是什麼？」洋娃娃不解地晃晃腦袋，別在頭髮上的花飾跟著晃動。

「會吸血的……一種生物。」

「但我其實不吸血呀，我剛剛是騙你的。」

翡翠迷茫地眨眨眼，轉頭向斯利斐爾尋求協助，「所以她到底……吸不吸血？」

「暗夜族不吸血，他們和您所認知的吸血鬼也不同。」斯利斐爾最近相當地可靠，法法依特百科全書這幾天都沒有出現缺頁的狀況，「暗夜族能變身爲蝙蝠，人形時亦能展現出蝠翼，但唯有皇族可以改變翅膀大小。有一對尖牙，吃素，熱愛番茄，喜歡熬夜。皇族在成年前都會保持幼年模樣，不定時會陷入沉眠。」

「對對對！」洋娃娃歡快地點頭，「不過睡著時對外界還是有感知的唷。就像我知道自己被搶走、被蛇吃掉，又被救出來，還知道伊迪亞他們和那個桑回被帶去哪裡。」

「妳是皇族？」翡翠慢一拍地意會過來。

「對的，我是蘿麗塔，伊迪亞他們都喊我公主殿下。」外表和洋娃娃沒兩樣的蘿麗塔樂呵呵地笑著。

「噢！」翡翠一拍額頭。伊迪亞他們喊的公主原來不是指佩琪，是指佩琪衝去搶救的蘿麗塔啊。

「你不相信嗎？我能證明給你看呀。你相信的話，就帶我去救伊迪亞他們好不好？」蘿麗塔雙手握拳，全身努力地繃緊施勁，緊接著她背後平空冒出一雙金黃色的蝙蝠翅膀，上面帶著細小絨毛，「呼呼呼，好累啊……你能不能順便抱我過去啊？」

「暗夜族的皇族……感覺有點傻傻的是我的錯覺嗎？」翡翠和斯利斐爾說起悄悄

話。

「成年前後的皇族個性落差很大，成年前個個是智障。」斯利斐爾雲淡風輕地介紹，「成年後個個冷酷無情，實力強大，只愛喝兔兔牌番茄汁。」

「不，最後一個怎麼聽起來像崩人設了。兔兔牌又是什麼？」

「獸人，地兔族的飲料品牌。」

蘿麗塔雙手交握，眼帶祈求，「拜託你們幫幫我。要我給你們一個抱抱也可以，佩琪說幼女的抱抱非常珍貴，不能輕易給出去的。」

「可以救，但不要抱抱。」翡翠冷酷堅定地拒絕了幼女的抱抱，他對不能吃的東西沒有絲毫興趣，「妳知道他們被帶去哪裡嗎？」

「羅娜絲，就是這個地方的主人，她很生氣很生氣，頭髮變好多樹根，從牆壁和地板也跑出很多樹根。她把大家都綁走了，要帶去她的新籠子那邊。我還聽見她要派人去抓你們，然後你們來了，我也醒過來了。」蘿麗塔扳著指頭，一件件地把自己記得的事都說出來。

翡翠知道羅娜絲把桑回他們帶去哪了——那座動物園。

「思賓瑟，醒了沒？醒了就跟上，否則我就要叫斯利斐爾拎著妳跑了！」翡翠朝著牆角大喊。

「不，除非給在下一條繩子，讓在下圈住那隻兔子的脖子，否則在下不會負責帶它走。」斯利斐爾嚴肅地提出要求。

思賓瑟從石礫堆猛力坐起，「繩子、項圈！這什麼變態的玩法！我知道，等下還會拿出皮鞭對不對？你們究竟想對一隻楚楚可憐的兔子公主做什麼？我要代替大陸上的愛兔協會嚴厲地指控你們的罪行！我要代替愛、正義，還有兔子，判你們有罪！」

「看樣子它精神好得很，我們走。」翡翠抱起收回蝠翼的蘿麗塔，與斯利斐爾沿著來時路跑出去。

跨出前館的前一秒，翡翠腳步不著痕跡地頓了下，他和斯利斐爾快速交換一眼。

只有他們才能明白。

只有他們才能聽見。

那是來自世界意志的聲音。

「任務發布——請挖出羅娜絲體內的碎星，吃掉它。」

第11章

「碎星是什麼？」

「碎星最完整的型態是羅德、謝芙眞神的力量碎片，在創世時無意間留下，化成星曜之戒的型態，曾經是北海皇族與西海皇族的聖物。之後星曜之戒又裂成多枚碎星，四散在大陸各地，下落不明。」

「爲什麼會從星曜之戒變成碎星？」

「忘了。」

「欸？」

「不記得，想不起來，沒有意義不須要記起來——您可以選擇您想聽的答案。」

「明明都是同一種，有什麼好選的？如果碎星是屬於眞神自身的力量，那上一次露娜莉身上的那個……」

「僞碎星，有人弄出來的模仿品。雖然拙劣，但確實也是能量體。」

「意思就是能當補品，讓眞神或世界吸收……啊，隨便啦，反正意思到了就行。」

在彼此的意識內簡短開完一場會議，翡翠對世界任務有了進一步的認識。

基本上，第一輪的任務都是看似莫名其妙，可其實有推波助瀾之用，讓他們前往能夠進行第二輪任務的地點。

克爾克城的如此，黑沼林的亦是如此。

只不過，這次居然是要他吃下碎星？是把精靈族當成什麼？專門吃礦物的機器嗎？

一邊在心中吐槽，翡翠和斯利斐爾他們火速趕往被稱爲「動物園」的地區。

那裡依舊被大樹和藤蔓包圍，讓人看不清中心處，如同一座天然的綠色圍籬。

然而比起先前見到的規模，如今映入眾人眼中的植物群暴增許多，幾乎都能自成一座小叢林了。

「進去後盡量別說話，保持安靜。」翡翠對蘿麗塔交代，「妳趴我背上，這樣我比較好行動。」

思賓瑟很有自知之明地摀住自己的嘴，表示它會當一隻安靜又美麗的兔子小公主。

翡翠等人謹慎地潛入動物園，繞開垂落的藤蔓。裡頭異常靜默，聽不見動物發出的聲響，空氣中反倒多了一股原先沒有的異香。

彷如大量花朵一口氣盛開，將香氣匯聚成一股強烈的風暴。

這味道……翡翠眼神一動，與羅娜絲身上的一模一樣。

古堡的女主人果然就在這裡。

很快地，翡翠他們在樹影間瞧見幾道身影。從他們的服飾來看，顯然是那些負責服侍羅娜絲的僕人。

翡翠比了個手勢，示意改從樹上接近。

這裡的樹木綠藤比昨日多了不只一倍，密集的好處就在於方便翡翠他們利用彼此交疊的樹枝來通行。

比起在平地行動，翡翠的種族優勢讓他在樹上更如魚得水，行進間連一絲聲音都沒發出。就像條最安靜的影子，順利潛入到更內側。

從高處往下看，能見到四處吊掛著漆黑的大型鳥籠，關在裡頭的動物溫馴地或趴或躺，看不出任何試圖掙脫束縛的跡象。

翡翠看著那些毛茸茸的動物，遺憾地嘆了口無聲的氣。

是人類變成的話……就得從菜單上剔除掉了。

再見了，他的三杯兔肉、香烤雞腿。

「您眼裡的失望太露骨。」斯利斐爾沒有出聲，直接和翡翠在腦海對話，「別控制不住，最後還是滴下口水。」

「胡說，我是那種人嗎？」翡翠義正詞嚴地反駁，「有人形的玩意基本上我是不吃的，何況是人類。」

「那如果是人魚呢？」

「那麼大條的魚尾巴好像很讚……要是能刷上醬汁，再放上去烤……等等，眞的有人魚？」

斯利斐爾冷冷嗤笑，「有，但您連普通的魚尾巴都不能吃。」

該死的海鮮過敏，他恨！被提醒弱點的翡翠抹了把臉，重新聚集注意力，飛快掃過底下一圈。

桑回和羅娜絲的行蹤很好找。

因爲他們兩人就待在同一區域。

被吊掛在樹上的金棕髮男人相當顯眼，他雙眼緊閉，臉上白得沒有一絲血色，就連嘴唇也微微泛紫。倘若不是胸前還有些許起伏，乍看下令人懷疑他是否還有一口氣。

撕開人類假象的羅娜絲則不再回復偽裝姿態，垂落在身後的樹根髮絲如同自有生命，時不時蠕動一下。末端綠葉增生漲大，纏繞在深淺不一的樹根上。再仔細一觀，就會發覺她裙下的不是修長雙足，赫然是由密集根莖交錯纏成的下半身。

羅娜絲就站在桑回面前，一條條鬚根在半張艷麗的臉蛋底下交錯，一雙眼睛被緋紅完全佔據。

「和思賓瑟好好待著。」翡翠把蘿麗塔放下，讓一人一兔乖乖坐在一根粗壯的樹枝上，「我先下去清理一下。」

斯利斐爾尾隨而去。

翡翠去清理那些負責看守的人，而他得去清理翡翠可能造成的麻煩……

綠髮青年無聲無息地在交疊的樹枝間行動，他矯若遊龍地穿梭躍跳，雙生杖在心念轉動間恢復成最初的型態。

一根樸素但結實的木頭法杖。

翡翠欺近一名僕人，掄起法杖快狠準地直接朝後腦勺擊下。

對方甚至連吭聲都來不及，高壯的身子就往下倒。

斯利斐爾及時伸出手，拎住那人的臂膀，再將之往下擱放，免除了對方倒地發出的聲音驚動棕髮魔物的可能性。

忽略斯利斐爾眼底的厭惡——彷彿自己碰到了什麼髒東西——他們一人負責砸，一人負責放，可謂配合無間。

對上巴特萊時，翡翠沒有用相同的手法對付他，而是讓雙生杖再次轉變。

碧色長刀被修長的手指穩穩握住。

然後利光一閃，一條細細血痕浮現在巴特萊的頸項上。緊接著鮮血像旋開的水龍頭汩汩溢出，一下便染紅他身前一片。

將這具屍體放下的同時，斯利斐爾瞥向翡翠，對他的身手又有一層新認知。

雖然失憶還常常接近失智，但他說自己原本是殺手的可信度，越來越高了。

這也讓斯利斐爾質疑起那個世界的殺手素養。

是有多缺殺手，才會讓這種腦袋只剩吃、看什麼都能想到吃的人當上？

僅僅片刻間，包括巴特萊在內的僕役全數被放倒。

翡翠身輕如燕地再回到蘿麗塔與思賓瑟身邊，「希望他們能晚點再醒過來啊。還有那個巴特萊，要死而復生也晚點再復。」

「翡翠、翡翠，我找到了。」蘿麗塔忽地一手扯著翡翠的衣角，一手努力往正確方向指，「是伊迪亞、佩琪還有加爾罕。」

翡翠順勢看過去，只看到一個鳥籠裡裝滿黑黝黝的毛線球。

他瞇細眼，再使勁一看，終於從無數毛線球中發現裡面混有三隻圓滾滾、胖嘟嘟的黑蝙蝠。

「先把人質弄出來，和羅娜絲對上才不會綁手綁腳。桑回由我和斯利斐爾負責。蘿麗塔，蝙蝠交給妳了。」翡翠可沒忘記斯利斐爾的獨特天賦。

簡單來說，就是背景板。

在魔物眼裡，斯利斐爾並不具備生物機能，它們只會對他視若無睹。

既然羅娜絲也是魔物，以此推論，只要斯利斐爾有心，想必他就算是裸奔也不會被羅娜絲發現存在。有他的協助，救援行動必定可以事半功倍。

斯利斐爾森冷的目光刺向翡翠。直覺告訴他，那顆綠色腦袋正在想什麼失禮的事。

「那我呢？我呢？」思賓瑟不希望到頭來毫無用兔之地，「你們不能無視厲害聰明的兔兔小姐。」

「當然不會呀。」翡翠展顏一笑，那昳麗又炫目的笑容足以將一隻兔子玩偶迷得神魂顛倒，「就決定是妳了，思賓瑟。」

然後被美色誘惑的兔子玩偶就被人抓住一隻耳朵，在半空中掄轉了幾圈——最後成爲一個完美的兔子砲彈，砸上了羅娜絲的腦袋。

恐怕就連羅娜絲都沒想到，會有一隻兔子突然從天而降，降落地點不偏不倚還是她的後腦勺。

「啪」的一聲，一人一兔同時發出大叫。

羅娜絲的髮絲更是霎時顫動起來，像被觸怒的毒蛇疾速竄出，三兩下就將即將落地的思賓瑟纏捲住，慢慢舉至半空中。

羅娜絲轉過身來，冷酷的紅眸在瞧見被樹根捆住的物體時，忍不住震愕大睜。

抓住羅娜絲失神的空隙，思賓瑟扭動身子，讓自己軟綿綿的身子有如一灘液體，從樹根的箝制滑脫出去。

它往後連躍了好幾大步，兔耳朵豎高，一隻手扠腰，大大的腳掌氣勢洶湧地拍打著地面。

那聲音震回了羅娜絲的神智。

「是妳!?史賓賽二世！妳怎麼會在這裡？妳竟然有辦法逃出來？」羅娜絲憤怒得頭髮全豎起來，那些樹根張牙舞爪地在半空舞動，巴不得能隨時衝過去，狠狠抽打那隻可恨的兔子玩偶。

「錯，是思賓瑟公主！快跪下叫我公主，本兔子就勉爲其難多看妳這醜女一眼。」思賓瑟抬高下巴，趾高氣揚地說。

「區區醜兔子還敢說我醜！」身爲女性，羅娜絲難以容忍自己的美貌被看低，「妳身上的線才是醜得不堪入目，我只是以前基於體貼善良才沒告訴妳。」

在一兔一魔物對嗆時，樹上的三條人影快如雷電地分頭行動。

蘿麗塔伸展出金色翅膀，飛得極高，藉由濃密綠蔭掩蓋行蹤，一下子便橫越空中，來到囚禁暗夜冒險團的籠子。

蘿麗塔躡手躡腳地將小鳥籠摘下，抱著它再悄悄飛起，從頭到尾都沒有引起羅娜絲的注意。

「呼，我眞棒，我是個優秀的好公主……好想喝番茄汁喔。」蘿麗塔回到原處，抱著鳥籠乖乖等著翡翠他們歸來。

另一邊，翡翠和斯利斐爾分工合作，神不知、鬼不覺地接近了被綁縛的桑回，成功將人救下，同樣也沒有引起羅娜絲的注意。

思賓瑟非常完美地吸引了羅娜絲所有注意力，和火力。

棕髮魔物壓根沒察覺到自己身後及身邊發生了什麼事。

「是妳，對吧！是妳偷走了我的戀人！」羅娜絲咄咄逼人地質問，「一定是妳找了那個叫桑回的人類聯手，妳怎麼敢站在人類那邊？妳和我明明是同族，妳難道忘記魔物的尊嚴了嗎？」

「從來不記得有那種東西呀。」思賓瑟作勢要挖挖耳，在發現自己的手好像搆不太到後，若無其事地再放下。它朝羅娜絲鄙夷地哼了一大聲，「誰是魔物啊！本公主是高貴的咒殺兔子，是藉由偉大的史賓賽閣下和它主人的血與骨灰融合誕生出來的，區區一株破植物也好意思和我比？妳的羞恥心是被哪隻野兔子吃掉了嗎？」

「妳閉嘴！」羅娜絲氣急敗壞地嚷，「需要羞恥心的分明是妳這隻不要臉的兔子！在黑沼林裡是誰招待妳的？妳吃我的、住我的、睡我的，現在居然還敢翻臉不認人？妳簡直是忘恩負義！」

「啊啊啊？」思賓瑟以更高分貝反擊回去，「妳肖想我的食物，還希望本公主跟妳當好姊妹？想都別想！妳以為我會忘記是誰偷襲我，把我封印在烏漆墨黑的地底下嗎？頭可斷、血可流，但奪食物之仇絕對不能原諒！」

說的對！食物之仇是絕不能原諒的！翡翠一邊在內心大聲贊同思賓瑟，一邊俐落地將桑回身上的樹枝割開，把他的手腳解放出來，「桑回、桑回，醒醒，你不醒我就要把你打醒了。」

翡翠耐心地等了三秒鐘，「好，他不醒，斯利斐爾上吧。先給他一巴掌，再醒不過來，就來兩巴掌。要是這樣都還不行，那就換我來打吧。」

「咳……」細不可聞的聲音驀地響起，「就沒有……不打巴掌的選擇嗎？」

桑回睜開眼，緩緩撐起身子坐起。他虛弱地摀著嘴，盡量無聲地咳了一陣後，再與翡翠和斯利斐爾拉開距離，挪向看起來最沒有殺傷力的蘿麗塔。

他要是再晚個幾秒醒過來，恐怕他的臉就要腫得跟豬頭一樣了。

桑回慶幸自己醒得及時，目光同時朝蘿麗塔和四周打量，想釐清眼下情況。

看樣子，自己昏迷過去後被羅娜絲帶到了她的寵物園子，然後被翡翠他們所救……

「這位是？」桑回指指蘿麗塔，再指向底下的兔子玩偶，「還有那位又是？」

「暗夜冒險團的第四名團員，蘿麗塔。下面那位是思賓瑟，羅娜絲單戀對象的主人。」翡翠說。

「什麼？誰的主人？」

「噢，你沒看到，不知道也是正常的。羅娜絲是個植物系魔物，她愛上一根人面蘿蔔，而那根蘿蔔是思賓瑟帶在身邊的食物。於是羅娜絲搶了蘿蔔，把兔子封印起來，想對蘿蔔來一場監禁系愛情，而蘿蔔抵死不從。簡單來說，就是……」

「邪佞魔物與可憐蘿蔔不可言說的虐戀情深？」桑回脫口而出。

翡翠轉過頭，「你可眞是一個人才，腦洞開得眞好。」

「不，我確定我腦袋沒開洞。」桑回不明所以地摸摸頭。

「妳這個可恨無恥的小偷，快把親愛的還給我！妳把它藏哪去了？」羅娜絲忿忿地指責，渾然沒留意到自己的寵物和準寵物都被人偷走了。

「囉嗦囉嗦囉嗦！怎麼會有這麼厚臉皮的植物，居然對一隻兔子的蘿蔔死纏爛打不放！」思賓瑟將分貝拉得更高，「妳還偷了我的棉花！妳難道不知道對一隻內外兼修的美少兔來說，棉花有多麼重要嗎？那可是代表著我，思賓瑟大人，高潔出塵、天真善良的品性啊！混蛋！」

在旁觀戰的翡翠等人表示，他們都是第一次知道。

「胡說，明明就只有妳主動分給我的那次！是妳自己堅持要炫耀給我看的，說那些棉花都帶有詛咒，我才沒有從妳那縫線難看的身體裡再次偷走棉花！」

「妳是瞞不過聰明絕頂的我的！我的標準體重是六顆蘋果，我被翡翠他們放出來後，只剩下五顆又七分之八蘋果重！」

翡翠覺得基礎數學問題不能忽視，回頭一定要好好告訴思賓瑟，那不叫少，叫增加。

「翡翠？妳果然是跟人類聯手了，妳這隻沒有尊嚴的兔子！」

「他又不是人類，我是跟妖精聯手。我告訴妳，不要以爲我沒發現到我的蝴蝶結底下有個破洞！」思賓瑟一把扯掉頭上的粉紅色蝴蝶結，失去遮掩的雪白腦袋上，確實有一個窟窿，裡面還有棉絮跑出來。

被逮到犯罪證據的羅娜絲也不再假裝，她冷笑一聲，「對，是我拿了。誰教這森林的動物都醜到不行，還沒有毛，我想要毛茸茸的動物當寵物錯了嗎？既然這裡沒有，那我就無中生有。妳的詛咒棉花加上我準備的藥草，我得感謝妳讓我獲得了那麼多新寵物。那些傻傻送上門的人類，吃他們的最後一餐吃得可是非常愉快呢。」

像是特意展現給思賓瑟看，羅娜絲雙臂抬起，所有大鳥籠籠門一併自動開啓。然而籠內的動物們卻彷彿沒看見那個能令牠們重奔自由的出口，仍然異常溫馴地待在裡面。

與此同時，環繞在羅娜絲周圍的香氣越發濃烈，像要入侵到四肢百骸深處，再也驅散不了。

羅娜絲咯咯嬌笑，「妳看啊！我的寵物們多乖，妳的棉花眞的幫了我非常大非常大的忙呢！」

「我的棉花是無辜的，是妳拿它們去做壞事！妳做的事是在抹黑我！」深怕自己的兔格被人深深誤解，思賓瑟急得跳腳，聲嘶力竭地爲自己挽回清白，「翡翠你們要信我！我雖然會謀殺、咒殺、暗殺，但我一直都是一隻充滿正能量的好兔子小姐！」

這瞬間，誰也無暇去在意謀殺、咒殺和暗殺有哪裡沾得上正能量，羅娜絲和翡翠他們只知道自己從思賓瑟的吶喊裡理解了一項訊息。

有其他人在這！

他們被暴露了！

羅娜絲的眼裡終於不再只有思賓瑟，她猛地轉身環視周遭，赫然察覺自己新入手的獵物失蹤了，甚至負責看守的僕役們也不見身影。

翡翠朝同伴使了個眼色，果斷抓準這一刻出手。他像條影子摸到了思賓瑟身邊，趁其不備地搶走了它身上的背包。

「翡翠！」羅娜絲瞪著闖進自己視野內的綠髮妖精，糾纏的樹根頭髮頓時就要往他身上襲去。

「羅娜絲，把大家都變回來！」翡翠搶先將蘿蔔的兩條腿從包裡抽出半截，看起來就像蘿蔔的另一半還埋在裡面，他揚聲威嚇道：「不然我就把妳親愛的給卡嚓掉！」

「住手！快住手！」羅娜絲臉色大變，本欲攻擊的髮絲驟然僵停在半空，深怕翡翠傷害到自己的愛人，「你說什麼我都答應，只要你把它還給我！」

「妳說的，可別忘。」翡翠一個沒留意，失手把蘿蔔從背包裡整根抽出來，暴露了對方只有下半身的眞相。

翡翠轉頭看看自己手上抓的半截蘿蔔，再看看羅娜絲呆若木雞的臉。

嗯……這下可有點尷尬了。

無論眨了幾次眼，眼前宛如惡夢的畫面都未曾改變。

羅娜絲的雙手緊緊摀著嘴，瞠大的紅眸蓄滿淚水，目眥欲裂地看著自己沒了上半身的愛人。

她再也看不到那雙充滿愛意的小眼睛，也聽不到它發出的科科科笑聲。

「不不不！」羅娜絲扭曲了臉，淚水淌下，恨意爆發，「不——」

伴隨著撕心裂肺的吶喊，被樹木和綠藤包圍的區域瞬間同時出現變異。

大地掀起震動，桑回曾見過的碩大樹根狂暴地頂開地面，撕裂出一條條溝壑，也讓土地上的植物東倒西歪，成了一片狼藉。

遠處傳來陣陣倒塌的轟隆聲響，驚天震動恐怕將幾幢樓館眞正變成了一片廢墟。

羅娜絲原本靜止的棕色髮絲更是跟著暴走，狂怒下的她連四周鳥籠也不顧，渾然不記得自己先前曾經有多麼喜愛牠們。

對她來說，只有她愛慕的對象才是眞正的唯一。

如今它沒了，那就全部都爲它陪葬！

鳥籠劇烈地搖晃，待在籠內的動物瑟縮在角落，卻還是沒有逃出的意向。彷彿「不能離開」這個指令已深深刻印在牠們體內，令牠們無法抵抗。

「必須救下牠們才行。」桑回穩住身勢，焦慮的眼神直盯著那些鳥籠。

羅娜絲的寵物都是由人類變成，假如放任不管，牠們都會成爲這場災難的無辜犧牲品。

「前提是牠們願意動。」翡翠及時抓住一根藤蔓，避免讓自己從樹上滑落，「牠們不動的話，總不可能要我們去一隻隻抱出來吧。」

時間肯定是不夠的。

桑回也明白這個道理。他看著那些眼裡露出驚惶，可身體還是沒有動作的動物們，只覺焦灼像火焰在燃燒著自己的心頭，恨不得能趕緊將牠們救出。

「牠們不會動的。」思賓瑟緊緊抱住蘿麗塔，後者的金色蝠翼讓她絲毫不用擔心會失去平衡，「你們沒聞到那個香氣嗎？羅娜絲就是用那個讓她的寵物聽話。除非有其他東西能夠讓牠們抵抗，最好是讓牠們從內在生起反抗的力量。啊啊，假如時間夠的話，本小姐說不定還能給牠們都弄一個詛咒，然後就能讓牠們都聽我的了！」

「詛咒？」翡翠問。

「對啊，我可是一隻優秀的咒殺用兔子，詛咒對我就像呼吸、吃飯、大便一樣簡單呢！」

姑且不論思賓瑟列舉的那些，都是一隻玩偶不具備的功能，可它說的其餘內容，卻是觸動了翡翠腦內的一根弦，讓他靈光一閃。

「那就試試詛咒。」翡翠語速飛快地說，「牠們的體內都有思賓瑟妳的棉花，所以媒介算是有了吧。妳能利用那些棉花，讓牠們反抗羅娜絲的香氣控制嗎？」

「主人。」斯利斐爾沉聲提醒，「灰霧過來了。」

「什麼？」翡翠一驚，連忙扭頭，果眞瞧見絲絲縷縷的淡灰霧氣往這裡靠近，「丹紅玫瑰呢？」

「在下猜測，方才的動靜連玫瑰叢都受到影響。」斯利斐爾冷靜分析。

無論原因爲何，丹紅玫瑰遭到搗毀都是顯而易見的事實，否則那些徘徊在黑沼林中的灰霧也無法入侵至古堡範圍內。

灰霧一旦大舉入侵，雖說短時間吸入不會產生危害，但多少會造成視覺上的妨礙，進一步則會形成戰鬥上的影響。

「思賓瑟，行不行？」翡翠追問。

眼看情況已迫在眉睫，思賓瑟就算沒嘗試過，也決定硬著頭皮上了。它從翡翠那雙如水晶剔透的紫眸中得到一個訊息——派不上用場的話，果然還是直接手撕兔子算了。

爲了保住自己的珍貴兔命，思賓瑟瘋狂運轉腦中的棉花，它要在最短時間內想到派得上用場的詛咒方法。

「有了、有了！」思賓瑟激動地揮舞著兩隻手，「快找個尖尖的東西戳我胸口！」

翡翠和桑回立即握住自己的武器，但有人更快一步地出聲。

「這個夠尖嗎？」蘿麗塔聲音軟軟的，她展示著她的蝙蝠翅膀，兩邊的翅尖都泛著鋒利又堅硬的光澤，好似兩柄冰冷的凶器。

思賓瑟敬畏地看著紫髮小公主，「記得戳小力點，別連我的背都捅穿了啊。」

「桑回，那他們就都交給你了。」翡翠指的「他們」，不僅是羅娜絲的寵物，還包括思賓瑟和蘿麗塔。

「明白。」頻繁的咳嗽讓桑回的聲音變得更啞。

「我行的，我可以的，我可是偉大的思賓瑟公主殿下！」思賓瑟擺出從容就義的姿態，「就是現在，動手！」

「明明我才是公主殿下呀……」蘿麗塔嘟囔，背後張開的一對翅膀同時疾速拍振，翼尖朝著思賓瑟的胸口刺下再抽出，帶出一絲棉花。

思賓瑟大聲唱出奇異的歌曲。

「啪嘰啪嘰。」

「噗嘰噗嘰。」

「我的棉花有手有腳。」

「我的棉花聽從我的召喚。」

「我的棉花啊，跟我走！」

在思賓瑟高亢的尾音中，蘿麗塔震驚地發現到，包括自己的三名族人在內，所有動物都開始搖搖晃晃地有了動作。

牠們就像受到引誘，不約而同地從籠門已開啓的籠內走出，朝著思賓瑟所在的方向聚集。

胸口被戳出一個洞的兔子玩偶跳起，繼續重複高唱那怪誕的歌曲。

「啪嘰啪嘰。」

「噗嘰噗嘰。」

「我的棉花有手有腳。」

「我的棉花聽從我的召喚。」

「我的棉花啊，跟我走！衝啊！」

最後一個音節重重砸落下來，思賓瑟霍然跳起，和蘿麗塔一塊領著那群如今只聽它命令的動物們，敏捷地穿越凹凸不平的地面。

桑回負責殿後，確保沒有遺漏。

他們跑得很快，馬不停蹄地衝出被重重樹根蹂躪得最劇烈的範圍，一下就被灰霧和交錯的樹影吞噬了背影。

第12章

羅娜絲並沒有把心力放在逃出的那一方上，她看起來絲毫不在意桑回他們，那雙令人想到爬蟲類的陰寒紅眸，從頭到尾只牢牢地鎖住翡翠。

殘忍將她戀人分屍的凶手！

在無數樹根的摧折下，動物園已不復最初模樣，漆黑的鳥籠有的滾落在地，有的被擠壓得扭曲變形。翠藤與綠樹形成的天然圍籬徹底被毀壞，但新的圍籬出現了。

從地底下湧出的樹根在遠處豎立起來，深褐的樹皮上散布著點點銀灰斑點。更細密的氣根朝天空合攏，將蔚藍天色逐漸阻擋在外，直到大片陰影覆蓋在地面上。

翡翠從眼角餘光瞥見了他們的退路都被樹根隔絕。

假如說之前這裡還只是個吊掛多座鳥籠的動物園，那麼現在他們身處之處，更像是新的巨大牢籠。

想離開，那就想辦法把籠子主人解決掉吧！

一見桑回等人順利遠離，翡翠舔舔嘴唇，抓住自己變成長槍形態的雙生杖，朝斯利斐爾使了一記眼色，兩人像疾速雷電竄了出去。

雖然斯利斐爾總說自己只是個背景板，不過幫忙包夾或是阻止敵人的動作總還是能做到的吧。翡翠心中算盤打得劈啪響，腦中都勾勒好攻擊路線了，可在電光石火間，從四處撲上的黑影打亂了他擬定好的計畫。

戴著面具的僕人成了羅娜絲身前的防護網，他們抽出隨身佩帶的利器，來勢洶洶地對著翡翠二人發出攻擊。

翡翠彈了下舌尖，只能硬生生收住前衝步伐，長槍先攔住往自己門面劈下的柴刀。

他猛地收了手上力道，趁敵人一時控制不住，身子往旁一扭，再靈活躍起，一轉眼便跳至對方身上。雙腳不客氣地猛力絞緊頸項，在聽見「卡嚓」聲的同時，長槍往斜向戳出，貫穿了他唯一知道姓名的男僕。

槍尖從巴特萊脖子右邊進去，左邊出來，最後把那具失去平衡的軀體往地上帶。

翡翠從那名被他扭斷脖子的敵人身上跳下，多看了那人一眼。

那人的面具從臉上滑落，露出完整的一張臉。

「我好像看過？」翡翠覺得似曾相識。

「被三頭蛇吃掉的那個人。」斯利斐爾給予提示。

「彼德森！」翡翠恍然大悟，隨後又百思不解，「他不是應該被關在房間裡？」

「不管他叫什麼，您該在意的重點都不是這個。」斯利斐爾側身避開揮下的利刃，長腿一抬，絲毫不留情地踹向了翡翠。

翡翠一時沒注意，踉蹌地往前，同時也險險躲過另一把揮來的武器。

沒再分予翡翠一絲注意，斯利斐爾張開手指，銀光閃爍，一柄細劍被他握在手中。

他看起來高貴淡漠，就連武器也透著幾分優雅。可下一秒利光驟閃，那柄纖細細劍直接斬下了其中一名僕人的腦袋。

倘若換作平常人，只怕會被斯利斐爾的殘酷震懾住。然而羅娜絲的僕人就像被剝奪了所有情感，如同只知道聽從命令的人偶，毫無猶豫地朝著要鏟除的目標一擁而上。

有人幫忙分散敵方火力，讓翡翠可以專注地將心力放在他的首要目標上。

他如同在跑酷一般穿越那些交纏的樹根、突起的地面、橫倒的樹木，與羅娜絲的距離越縮越短。

可沒想到冷不防又有人從旁竄了出來，高舉著刀刃直直劈下。

「彼德森？」畢竟是剛被自己扭斷脖子的對象，翡翠還是記得對方的名字。他趕緊以自己的長槍應對，當刀尖劈在槍桿上的同時，他抬腳狠踢上彼德森的胯下。

發覺對方毫無動靜，沒有正常人該有的痛哭哀號，他迅速改變策略。這次是迅雷不及掩耳地翻身躍起，他有如一隻輕盈的碧色蝴蝶，眨眼就來到了彼德森背後。

然後摸出一枚被自己咬一半的晶幣，俐落地劃過彼德森喉管。

看著沾到血的翠碧錢幣，翡翠心一橫，忍痛把它扔了。要他再把這東西吃下去，他還眞下不了口。

他再從背包裡抽出一條繩子，快速將彼德森的手腳緊緊捆綁。這樣對方若再度死而復生，起碼也得多花些時間在掙脫上。

「彼德森？原來他叫這個名字呀。」羅娜絲慢條斯理地走動，及地的棕色長髮逐漸改變外觀，它們延伸得更長，數量變得更爲壯觀，「你們把他帶進來的時候我就注意到了，他也是一名不知死的亡者呢。」

「不知死？不知道自己死了嗎？」翡翠掂掂手上的長槍，覺得面對那些樹根，使用長刀更爲趁手。他心念剛這麼一轉，武器即刻轉換成他想要的形態，「就跟妳城堡裡的那些人一樣？」

「你也可以變得跟他們一樣，你們都可以。」羅娜絲看似平靜，可紅眼裡是不死不休的憎恨火焰，「你本來可以有更好的選擇，翡翠。你能成爲我美麗的寵物，我一直很想要一隻珍珠碧雉的。」

翡翠也想要一隻珍珠碧雉，各種料理方式都想過了，但食材絕對不會是由他變成。

「可惜我的藥草出了點差錯，竟然對你起不了效用。但你的綠頭髮眞的很美，變成珍珠碧雉一定很好看，親愛的也會喜歡的，我才特地去找了更強效的藥草。但是……」

羅娜絲語氣不疾不緩，與她的悠然相反，她的長髮凶猛對著翡翠集中火力。那些化作樹根的棕髮扭絞成多束，每一束都呈現出武器形態，大斧、長矛、寬劍，從四面八方對著纖細的綠髮妖精重重劈砍。

只要稍有不愼，翡翠的身體就會被削成好幾大塊。

「但是你怎麼能辜負我的好意……你害死了它，害了我最重要、最愛的戀人！」透明淚水再次溢出，淌落羅娜絲的臉頰，「既然如此，你連寵物也不配當了！你就和我的僕人們一樣，死在這裡，然後再接受灰霧和我的力量，成爲不知死的傀儡吧！永遠地待在黑沼林，永遠無法踏出這裡一步，永遠地受我的奴役！」

翡翠瞳孔凝縮。原來……這就是彼德森他們死而復生的眞相！

他們並不是眞的重生，只不過是成爲忘卻死亡、再也離不開黑沼林的傀儡。

羅娜絲指尖揮舞，盤踞在地面的樹根聽從她的指揮，猶如靜靜蟄伏在影子裡的毒蛇，在翡翠的注意力都放在躲閃她的髮絲之際，凶戾竄出，貫穿了他的腳踝，再纏捲住他的腳，猛地將他整個人拽甩至另一邊。

翡翠感覺自己就像個米袋被隨意扔甩，撞擊到地面的部分傳來劇烈疼痛，隨即一陣天旋地轉，視野內的一切成了上下顚倒。

「主人！」斯利斐爾瞥見翡翠的險境，一劍穿透敵人胸口，立即想上前救援，卻沒想到剛倒下的面具僕人竟又再次爬起，比起上一回重生歸來的時間更短。

「沒用的，有了灰霧的滋養，我的僕人恢復速度會越來越快。」羅娜絲伸手輕撫薄淡的霧氣，動作充滿溫柔，「他們會纏住你、殺了你，讓你也成爲他們的一分子。」

那名銀髮男人給羅娜絲的感覺太古怪。

假如對方不出手，她甚至不會特別察覺到他的存在，就好像他只是個沒有生命的死物。可在直視他的時候，她又本能地從心底生起一絲顫慄，下意識想要別開目光。

但羅娜絲沒有在對方身上感受到不尋常的力量，彷彿他只是再普通不過的人類。

羅娜絲無法容忍這樣的古怪。而對不穩定的因素，她要她的僕人們將之徹底鏟除！

腳踝的刺痛讓翡翠忍不住短促地抽氣，鮮血正順著他的小腿往大腿流。他閉了下眼，再睜開時，驀地瞄見另一端樹叢後有一簇亮眼的金棕色接近。

桑回在不知不覺中潛行回來，像伺機而動的野獸，準備隨時亮出致命的獠牙。

樹上和樹下的兩雙眼睛對上。

翡翠咧咧嘴，「桑回，把她撞來我這！」

蒼白的殺手低咳一聲，轉眼變成一隻金光閃閃的大綿羊。

金綿羊低下頭，厚實的腦袋和捲曲的犄角一致瞄準羅娜絲，全速往前衝刺，速度快得就像一枚金色子彈。

羅娜絲想要閃躲，可沒想到眼才一眨，那隻金羊就在自己視野內消失無蹤。

等到再次眨眼，金色赫然又重新出現，卻已逼至她眼下，緊接而來的是強烈的撞擊力重重落在她的下半身。

她被頂撞得飛起，不偏不倚摔在翡翠的正下方。

這個高度，這個位置，翡翠要的就是這個機會。

長刀在他掌心間重新成形，成爲碧綠長槍的姿態，迅猛地往下突刺。

然而羅娜絲的頭髮更快，搶在槍尖刺穿主人柔軟的肚腹之前，層層交疊在她身前，宛如一副天然盔甲，並利用縫隙絞住了長槍本體，讓它進退不得。

這一幕讓羅娜絲愉快發笑，似乎身上的疼痛也被她全數遺忘。

「妳要笑到最後才行啊。」翡翠忽地眨眨眼。

羅娜絲以爲翡翠是認輸了，她心情暢快，一點也不介意滿足對方的願望。

翡翠也笑了。

說時遲、那時快，他從懷裡掏出瓶子，瓶蓋一扭，便快狠準地對著羅娜絲猶張開的嘴，將裡面的東西一股腦地全倒了進去。

無預警灌進嘴裡的冰涼液體讓羅娜絲反射性吞嚥幾口。等到她意識到自己吞進了不明液體後，她臉色大變，顧不得身上的疼痛，急促地撐起身子，對著地面乾嘔。

「所有人快退開，離她遠遠的！」長槍散成光點，在翡翠手裡再次凝聚爲長刀。他的腰猛地往上一抬，刀鋒割斷腳上的樹根。他在墜下的過程靈活扭轉，一沾地便速度飛快地和同伴們遠離中央的棕髮魔物。

「你！該死的……你讓我吃進什麼！」羅娜絲的眼神像是巴不得能凌遲翡翠，「是毒藥嗎？告訴你，這對我起不了太大效用的！」

翡翠緊抱著變成大金羊的桑回，埋在羊毛裡深吸一口，感覺藥膳羊肉湯的味道都浸入肺腑，才回頭說道：「不是毒藥，是果汁。」

桑回忙不迭把靠在身上的綠髮青年撞開，以最快速度回復成人形。他可沒忘記翡翠曾對籠裡的他品頭論足，恨不得隨時把他下鍋的飢渴模樣。

「什、什麼？」聽見的答案太匪夷所思，羅娜絲呆住，慢一拍地發現到殘留口腔裡的確實是甜甜的味道。

「果汁！」翡翠將雙手圈在嘴邊，大聲說。

羅娜絲扭曲了臉孔，只覺翡翠分明是在戲耍她，一雙紅眸像要噴出火。

「我要殺了你！我絕對要——」羅娜絲往前衝，但她的髮絲突然勾到地面的其餘樹根，接著腳下不知踢到什麼，讓她一個踉蹌，又踩到一顆布滿苔蘚的石頭。過於滑溜的表面令她整個人失去平衡，所以她在自己的勢力範圍內上演了一次平地摔。

同時被斯利斐爾擊倒的一名男僕正要爬起，手裡握著的長刀剛好朝上舉，旋即迎來了一抹背對著朝他跌來的黑影——「噗滋」一聲，一刀穿胸。

過程結束得太突如其來，就連羅娜絲自己也沒意會到發生什麼事。她瞠大眼，一臉呆愣地看著從前胸底下冒出的鋒利刀尖，甚至沒發現自己身下還壓著一個人。

在她被長刀貫穿的瞬間，那些戴著半截面具的僕人們也像被抽空力氣，無力倒下。

不只羅娜絲，全程圍觀的桑回也同樣滿臉茫然，懷疑自己剛剛是不是漏看了什麼，否則他怎麼會跟不上事情的發展。

前一刻還準備攻擊他們的古堡女主人，下一刻自己主動去撞刀子？

「小說都不敢這麼寫啊……」桑回喃喃地說。

「您給她喝了什麼？」斯利斐爾無論何時都理智冷靜得不像話，他立刻想到關鍵所在，冷冽的眼神帶有重量地壓向翡翠。

「喔，壞運的果汁。」翡翠說，不忘比了一個數字手勢，「六顆濃縮精華版喔。」

在場所有人，或者非人，都聽說過「壞運」的大名。

全稱是「會帶來壞運的果實」，是種連魔物都退避三舍、不敢吃下肚的可怕存在。

光憑一顆壞運，桑回和翡翠就在黑沼林經歷了各種不堪回首的災難，他簡直不敢想像六顆的殺傷力有多強大……噢不，他能想像了，因爲範例正血淋淋地展示在他眼前。

「您是什麼時候多摘的？」斯利斐爾嚴肅逼問。

「在你不知不覺的時候。」翡翠狡猾地說。

「您又是什麼時候把它們弄成果汁的？」斯利斐爾銳利的眼神像在審問犯人。

「上廁所的時候。」翡翠不介意和人分享製作心得，「我可是花了一番工夫把它們榨出汁的，成果勉強還有快一杯的量。本來是打算回去喝掉，再直接睡一覺的。」

「相信在下，您因意外噎死或睡夢中猝死的機率很高。」斯利斐爾冷冰冰地警告，「在下以後絕對會跟您寸步不離，以防您又做出危害自己的愚蠢行爲。」

翡翠堵住耳朵，當作沒聽見，「你好吵啊，反正我又沒眞的喝下。」

被迫喝光果汁，結果光是站起來就換來一刀穿胸的羅娜絲想要破口大罵。可那一刀刺的位置實在太過精準，重創了她，讓她的生命力快速流失。

她臉色越來越白，汗珠涔涔滲出。她的形體開始改變，更多的銀褐色取代她柔軟健康的小麥皮膚，高挑的個子立時縮水，屬於人形的部分越來越少……

最終連一絲人形特徵都不存。

待在原地的是一根與蘿蔔有些相似，但又不盡相同的植物。

頭頂多了顆銀色小果實，莖葉細長，根部肥大壯碩，表皮是閃耀著光點的銀褐色，分岔出的部分就像頭部、手臂與雙腳。

雖然顏色不太一樣，不過翡翠確定自己在原世界見過差不多的存在——人參。

「這是……銀星野參。」桑回沒忘記壞運的威力，不敢貿然靠近。他和那株植物保持一個安全的距離，從對方特徵上辨認出品種。

隨著羅娜絲虛弱地變回原形，那些倒地的僕役也有了新的變化。他們的身體輪廓變得朦朦朧朧，好似強一點的氣流就能將之吹散；而他們的武器更像經過嚴重鏽蝕，撲簌簌地化成齏粉，碎落一地。

羅娜絲和翡翠對上視線。

翡翠露出微笑。

幾乎是本能地，原形是銀星野參的羅娜絲感到了顫慄，根部上的氣鬚頓時全部豎立。即使只剩一口氣、即使壞運纏身，它還是拚了命地想要拔腿就逃。

翡翠出手如電，轉瞬打碎它的希望。

他一抓過銀星野參就橫放在地，舉起長刀，刀起刀落。「卡嚓」一聲，一刀兩斷。

「管他什麼參，反正都是大補，再抓隻雞就能煮人參雞湯了。」綠髮精靈剛剛的笑容有多甜美，此刻的手段就有多凶殘，「多營養。」

眾人似乎被他下刀的氣勢震懾住，看著他若無其事地繼續把銀星野參剁成多塊，從中拿出魔晶石的時候，也沒人開口說一句話。

誰也沒有注意到，除了魔晶石以外，翡翠還從魔物體內取出一塊銀白色的結晶。

當那塊泛著流光的晶體自魔物身上剝離，所有古堡僕役霎時連輪廓也維持不住。

風一吹，他們的血肉盡數消散，只餘下森森白骨趴伏在地上。

包括桑回一路追捕的巴特萊。

包括竊取暗夜冒險團寶物的彼德森。

「彼德森不是才死沒幾天嗎？怎麼就成骨頭了？」翡翠不著痕跡地收起疑似碎星的結晶，想順便將被他分屍的銀星野參也收進包包裡，伸出的手卻被一隻褐色大掌攫住。

「顯然是他們的『重生』將血肉消耗殆盡……您是真的想跟這魔物一樣，走個一步就把自己的命弄沒了嗎？」斯利斐爾把翡翠拖離那株銀星野參，不容許他再接近一步。

「哪可能那麼衰的啊，壞運又不是我吃……」翡翠閉上嘴，想起壞運果實的倒楣是可以分擔出去的。只要和那個苦主一起行動，就會被迫揹上一半的壞運氣。

曾經身為苦主，又曾經無情無義地坑了桑回一把，翡翠自然不會懷疑壞運的殺傷力。他大口吞了吞口水，只好忍痛和那顆看起來非常補又非常適合煮湯的人參說再見。

「您必須現在就跟在下發誓。」斯利斐爾嚴厲地說，「您待會絕對不會再跑回來，把它偷偷帶走。」

「真過分，難道你不相信我的人品嗎？」翡翠抱怨地說。

「在下不信。」斯利斐爾回答得斬釘截鐵，連一絲躊躇都沒有。

「居然沒半點猶豫……我宣布在這一天裡，你不再是我最愛的鬆餅了！」

「一天怎麼夠？在下希望您務必保持一輩子。」斯利斐爾催促，「發誓。」

「你好煩喔……知道、知道，我發誓，我發誓，我絕對不會把銀星野參帶回去吃的。」翡翠舉起手，一本正經地說，「其實不用發誓，我也眞的不會帶它走的。沒命還怎麼享受美食，當然是安全至上嘛。」

「抱歉，打擾一下。」桑回打斷這對主僕的互相傷害，「你們接下來，要跟我過去看看嗎？我是指蘿麗塔他們那邊。」

「不用了。」翡翠擺擺手，很乾脆地拒絕，「反正事情解決了，大家各自解散吧。我們還得去搬那個浦島太雞呢，希望前館那邊沒受太多影響。」

「我明白了，那邊就由我來處理。至於馬車賠償費之後……咳咳咳，我會寄到你們旅館那。」桑回也不挽留，那張蒼白的面龐上露出了笑容，「不過我想，我們說不定還是有機會再見……咳噗！」

桑回猝不及防咳出一口鮮血，他習以爲常地摀著嘴，掏出一條手帕把血擦了擦，順便又掏出一條分給翡翠，讓對方能先包紮腳踝上的傷口。

第一次見到桑回咳血還會心驚膽跳，看多了之後，發現對方依舊能活蹦亂跳，翡翠覺得也就習慣了，最多是有個問題想問問。

「桑回，你那麼常咳血……」翡翠基於好奇心問出口了，「有考慮過把血收集起來，然後凝固做個……」

斯利斐爾拒絕再聽下去，面無表情地強行把自己主人拽走，他一點也不想知道任何關於米血糕的話題。

過去不想，現在不想，未來也絕對不會想。

雖說沒來得及和桑回交流一下米血糕的話題，但一瞧見大致仍保持完好的古堡前館，翡翠當即就把這點小遺憾拋到腦後。

前館沒倒，頂樓也沒塌，浦島太雞也完整無缺地矗立在原來的位置上。

翡翠提起的一顆心終於放下，他彷彿已經看到許多晶幣在朝他招手。

就算晶幣難吃，但它能拿去買其他好吃的東西呀。

說到吃，翡翠猛然想起一件要事，他趕忙將那顆疑似碎星的銀白色結晶拿出來。近距離細看下，簡直像一顆碩大的鑽石躺在他的掌心裡。

翡翠嘶嘶口水，不是因為饞，而是擔心起自己的牙齒。

這玩意……他真的咬得下去嗎？

「任務皆自有它的意義。」斯利斐爾低沉的嗓音帶有蠱惑的意味，「您必須相信世界意志。反正您不吃，在下也會塞進您嘴裡的。」

「不是你吃才說得那麼輕鬆，你們到底是把精靈當成什麼了啦。」翡翠深吸一口氣，催眠自己這是塊大冰糖，然後義無反顧地張嘴咬下。

卡嚓，牙沒斷，口感吃起來的確接近冰糖。

但，冰糖不會讓翡翠陷入痛苦。

翡翠幾乎是一臉絕望地將碎星全部吃進肚裡，那感覺就像是晶幣的升級版。苦瓜混著青草再拌入巧克力，後者的甜膩濃郁只是讓「難吃」兩字提升了一個高度。

更難吃。

當最後一點碎屑被翡翠吞嚥下去，一道如今已稱得上有些熟悉的無機質嗓音，古井無波地出現在他的腦海內。

「確認，能量獲得，宣告，法法依特大陸距離毀滅——尚餘八十一天。」

還來不及在意眞碎星獲得的存活時間爲什麼只比假的多一個月，翡翠的注意力就被另一道聲響猛地拉走。

「喀哩」一聲，從他的背包裡發出的，就像是有某種硬物裂開的聲音。

翡翠和斯利斐爾對望一眼，然後屏著氣地打開包包。

三顆金蛋的殼，都裂了。

尾聲

在營業時間開始之前，塔爾分部的氣氛一貫寧靜悠閒。

灰罌粟會在早上爲自己泡一壺熱呼呼的糖花紅茶，搭配塗滿野莓果醬或厚厚白奶油的司康餅，聞著混上蜂蜜味的茶香，慢條斯理地享受著餐點。

黑薔薇會抱著白薔薇爲他熱好的牛奶，喝幾口，再將小餅乾蘸上一些牛奶，像小動物般細細啃咬著。

這個時間點，白薔薇基本上不吃東西。他喜歡捧著一本書，爲另外兩名負責人朗讀故事。偶爾分出一點心力，提醒灰罌粟召喚出的骷髏要好好做事，窗戶的凹槽得擦得乾乾淨淨才行。

但有時也有例外，例如今天。

如同幼童的尖細嗓音在塔爾分部內響起，一隻繫著粉紅色大蝴蝶結的兔子玩偶站在桌上，手裡拿著一本小說，認眞地朗誦裡面的內容。

「啊！少女的淚水如珍珠一顆顆滑落，她的心有如脆弱的破裂玻璃，只覺得自己的生活再也沒有意義。她不敢相信怎麼有人會如此殘酷，那些可恨的人，只不過是失去了生命……而她失去的，卻是最珍貴的愛情！」

唸得有些口渴了，思賓瑟放下書，一屁股坐下，小短手舉起，「給我來杯充滿少女情懷的飲料，謝謝。」

灰翳粟食指一抬，立刻有一名骷髏爲思賓瑟送上一個銀邊小瓷杯。

杯子很精緻，很符合思賓瑟對少女的認知。

「但爲什麼是黑咖啡？」思賓瑟的長耳朵耷拉下來，「誰的少女情懷是黑色的啊！說到少女當然只能粉紅色，我愛死粉紅色了！」

黑薔薇默默地將自己的餅乾分一片出去，上面用糖霜畫著骷髏頭，不過糖霜是粉紅色的。

看著那個粉紅骷髏，思賓瑟勉爲其難地收下。

「從華格那跑到塔爾來，眞是累死兔了。」思賓瑟搖頭晃腦地說，「要不是看在翡翠曾經救兔一命的份上，本小姐才不會答應替華格那的負責人跑腿一趟，送東西給翡翠和你們。」

「到時候幫我們跟伊斯坦道謝，謝謝他特地將新書送來。他這次的作品完成得眞快，距離上一本書的出版才沒過多久吧。」灰罌粟將司康剝成兩半，仔細地塗滿了香濃的奶油，檸檬皮的清香跟著從奶油裡飄散出來。

司康內部還帶著熱度，淺白的奶油順勢融化一小塊，成爲濃稠的半固體狀，沿著邊緣欲墜不墜。

灰罌粟打開一旁的小瓶子，從裡面舀出一匙用大火快炒幾分鐘的棕砂糖。脆硬的細小晶體均勻撒在白奶油的表面，爲司康增加了口感和細微的焦香味。

「伊斯坦說這次靈感特別豐富，兩個故事一下就寫完了。他以前都喜歡寫甜寵的戀愛小說，有快樂結局的那種，這次寫的不一樣，是虐身虐心，讓人糾結來糾結去的悲劇愛情。」

思賓瑟三兩下把粉紅骷髏餅乾吃下肚，再拍掉身上沾到的餅乾屑，「這是他的轉型之作，目前還不曉得其他地區的反應如何。不過在華格那可是大受歡迎，賣到缺貨了，華格那的小女生都看得一把鼻涕一把眼淚。」

「伊斯坦的新書在塔爾也賣得很好。」白薔薇給予了肯定，「我和黑薔薇在外面的時候，也有聽到年輕女孩們熱烈討論。」

「你們覺得本兔兔小姐剛唸的《痴情美參愛上我》如何？」思賓瑟問，「靈感和故事名字都是我提供的，是我我我！」

「還不錯，感情豐沛眞摯。」灰罌粟不吝讚美，「妳的抑揚頓挫也把握得很好。」

「我就知道我超棒！」思賓瑟跳了起來，將粉色書皮的小說高高舉起，炫耀似地在桌上走來走去，宛如在舉一支勝利的火把，「書裡還有作者簽名喔！」

爲了證明自己所言不假，思賓瑟把書翻開，將龍飛鳳舞的幾個大字展示在灰罌粟他們面前。

桑回．伊斯坦。

只有熟知他的人才會知道，這個名字，不只代表一名暢銷愛情小說作家。

還代表著——

一名殺手。

一名華格那分部的公會負責人。

「要我說的話，伊斯坦的兼職也太多了吧。」思賓瑟蹺著腳，腳掌晃動，「又是殺手，又是負責人，又是大作家。」

「說錯了，負責人才是正職，其他都是兼職。」灰翳粟慢慢咬下一口司康，「有兼職是很常見的，我是負責人，也是亡靈法師。」

「你們也有兼職嗎？」思賓瑟好奇地看向黑薔薇和白薔薇。

兩名容貌一模一樣的少年同時豎起手指，放置唇邊，表示這是一個祕密。

「祕密主義者真討兔厭啊……」思賓瑟哼哼幾聲，也不是特別在意，「不過我也有兼職啦。我現在在華格那那邊的獵人派遣協會掛了一個名，如果哪個冒險團缺人手，我就可以去幫個忙，遞個兔兔手給他們用。暗夜冒險團可是先跟我預約了，我真是一隻受歡迎的兔子公主。對了對了，暗夜冒險團也託我給翡翠帶土產，說在黑沼林裡非常感謝他的幫忙。」

思賓瑟跳下桌子，跑去翻它的行李，吭哧吭哧地拿出六瓶綁在一起的飲料——兔兔牌番茄汁。

「黑沼林哪……」灰翳粟啜飲著紅茶，「該說是碰巧，還是說翡翠天生就有種能招惹麻煩的天賦？明明只是要尋找委託人遺失的傳家寶，卻演變成發現有人死而復生，還有魔物把人變成動物豢養的大事件。上一回也是如此，以爲是普通的綁架失蹤案，結果竟牽扯上一名水之魔女。」

「哇，聽起來可眞刺激！不知道他們下次接委託時缺兔子嗎？那種會咒殺、謀殺、暗殺的楚楚可憐純潔兔子。」思賓瑟雙手交疊，放在臉頰邊，滿懷期待地說。

黑薔薇拊在白薔薇耳邊低語。

白薔薇露出微笑，「黑薔薇說，思賓瑟妳要是不介意可能被當儲備糧看待的話，他下次就幫妳問問翡翠。」

「儲備糧？」思賓瑟震驚了，「我可是一隻兔子玩偶，他想對兔子玩偶做什麼？太喪心病狂了！他的良心難道不會痛嗎？居然對充滿棉花的天眞善良兔子都下得了口!?」

「黑薔薇說，永遠不要小看一名吃貨的想像力。」白薔薇還是微笑。

思賓瑟抱緊自己，瑟瑟發抖，決定暫時別跟翡翠他們見面，「對了，翡翠人呢？」

「他這幾天都沒過來。他說他的蛋裂了，要好好觀察，所以都待在旅館裡。」

蛋？哪邊的蛋？他身上的嗎？思賓瑟百思不解地摸著下巴。

「思賓瑟，麻煩妳唸下一個故事了。」灰罌粟的聲音拉回它的思緒。

「這就來了！」思賓瑟轉頭就把問題丟到一邊，它蹦跳地回到桌面上，重新拿起華格那負責人的大作。

「讓本小姐看看，第二個故事是……啊，這個靈感好像就是翡翠提供的。是人餅戀呢，也是走蕩氣迴腸的悲戀風格，名字叫作——《吃與不吃之間的絕美愛情》！」

「哈啾！」

旅館裡的翡翠打了一個噴嚏，他揉揉鼻子，覺得這是一個提醒。

告訴他，明天該去吃頓好的。

不過現在，他就繼續好好觀察自己的子民吧。

翡翠趴在床上，認真地戳著擺放在自己面前的三顆金蛋。

自從在黑沼林裡吞下碎星之後，金蛋的外殼就出現了數條裂紋，如同受損的瓷器表面。似乎只要再經歷一點摧殘，就會劈里啪啦地全部破碎。

可事實上，這麼多天過去了，三顆蛋還是維持同樣的狀態，裡面的存在絲毫沒有破殼的打算。

「怎麼都沒動靜啊……」翡翠還把蛋拿起來搖了搖，再把耳朵貼上傾聽。蛋裡安安靜靜的，什麼聲音也聽不見。

「您必須有耐心、愛心。」斯利斐爾在旁邊整理他的白手套。

雖說他的手套可以平空變出來，要多少有多少，不過偶爾一口氣將桌上擺得滿滿的，還整整齊齊的，這幅畫面讓有潔癖的銀髮男人感到愉悅。

「我沒眞的把它們吃了，就是最大的愛與耐心了。」翡翠托著腮，一臉深沉地說，「話說回來，碎星是眞神的力量碎片對吧。」

「是碎片的碎片。」斯利斐爾糾正。

「反正都是碎片啦。但和仿冒品的僞碎星比起來，爲什麼我吃了它之後，得到的時間卻沒有多出太多？」

「那些能量不只是回饋給眞神和世界，也回饋了一點到您的子民身上。」

「什麼？」翡翠吃驚地抬高頭，看向斯利斐爾，後者依舊只留給他一道矜持高貴的背影。

「精靈的主食是晶幣，吃的主要是晶幣裡的能量。但您的子民還沒孵化，便無法藉由這方法來吸收能量。偽碎星的力量太少，分不出去，碎星就不同了。當時黑沼林的魔物能夠利用瘴氣製造不知死的傀儡，憑靠的便是碎星帶給她的力量。否則一個低下的魔物，又豈可能……」

斯利斐爾冷笑一聲，沒有再說下去，但話裡的輕蔑意味明顯得幾乎凝成實質。

翡翠覺得，斯利斐爾就只差沒明說對方是垃圾。

「也就是說，碎星分了一些能量給我的蛋，幫助它們能提早孵出來囉？」翡翠的話剛落下，就見到最右邊的金蛋忽地左右轉動幾圈，彷彿在向人炫耀它的靈活度。

翡翠瞪大眼，「動了、動了！斯利斐爾，有顆蛋動了啊！是要孵出來的意思嗎？」

「在下說過了。」斯利斐爾頭也不回地清點他的白手套，「您必須……」

「算了，你還是閉嘴吧。」翡翠忍不住伸手往那顆金蛋一戳。他發誓他沒用力的，然而正在賣力轉圈的金蛋卻陡然失去了平衡，往旁一倒，從床鋪邊緣直直栽了下去。

翡翠搶救不及，只能眼睜睜看著那顆蛋砸上了地板，發出響亮的聲音，然後就一動也不動了。

斯利斐爾冷酷地轉過身，冰寒刺骨的眼神輕易能令人發抖。

但那個人絕對不會是翡翠。

「不……不會有事吧？」翡翠才不管斯利斐爾的目光想在他身上戳幾個洞。他趕緊坐起來，沒忘記把床上的兩顆蛋先撥到最裡面，再探出手，帶點緊張地在蛋的前面停下，「它都裂成這樣了，這一摔……」

「就算您的腦袋摔破，蛋也不會就這麼簡單破的。金蛋只有在孵化之刻來臨時，才會……」斯利斐爾的話聲不知不覺戛然而止。

在兩人震驚的目光中，一瓣蛋殼顫顫地掉了下來。

宣告著金蛋正式破殼。

《我，精靈王，缺錢！02》完

後記

當編輯問我第二集後記的時候，我還傻傻地想，我不是已經交了嗎？

事實證明，那時候的我大概是在夢裡交的XDDD

幸好有編輯提醒，不然眞的忘記寫後記啦。

歡迎來到「精靈王」第二集的後記時間～

我想先說一句話，小鬆餅他好帥啊啊啊啊啊啊啊啊！

那個姿勢，那個睥睨的眼神，還有那雙大長腿，眞的是帥到讓我窒息。

不愧是法法依特大陸完美代表的人物啊斯利斐爾！

第一時間就把筆電和手機的桌布都換成他了，那冷酷看人的目光就好像在說：稿子交了嗎？

瞬間覺得壓力山大，但又覺得好帥，感覺我要變成一個M了（摀臉）

大家工作時或許也可以試試，把第二集放旁邊，讓小鬆餅用眼神關愛你，說不定意

外地增加工作效率喔XD

這次第二集有特裝版，裡面的特典小冊跟你們推薦，請一定要去看，喜歡黑白薔薇組的更是不要錯過。

裡面滿滿的雙子，封面的雙子也好香啊。

這一對美少年的身上也藏有著某些祕密，不過還沒到揭露的時候，就先讓他們繼續當神祕美少年吧。

最近很認眞地看美食節目，看到喜歡的就趕緊記下來，這些都是精靈王的食物靈感，目標是努力讓大家看了都餓！

不知道這一集有沒有讓你們看餓呢，如果成功的話就太棒了。

對了對了，大家拿到書的時候，記得把書衣扒下來看一看，會有驚喜發現喔。

每一集的「精靈王」衣服底下，都有藏著關於角色們的小驚喜～～

我們下一集見了。

醉琉璃

我，精靈王，缺錢！

【下集預告】

看到路邊有隻龍蝦奄奄一息該怎麼辦？
一：烤了牠。
二：煮了牠。
三：清蒸了牠。
雖然翡翠內心的選項是「以上皆是」，
但可恨的過敏體質讓他只能含淚放蝦。
沒想到這一放，竟換來了蝦的報恩！

精靈王真心覺得他好忙，
除了要閃避緊追不捨的過敏源、攢晶幣養家顧孩子，
還得跑世界意志發布的新任務。
而這一次，任務內容竟是「？？？」，
精靈王也悶了，這，好歹再給點提示啊！

〈所以我被小龍蝦追著跑〉

2020年春季，敬請期待！

國家圖書館出版品預行編目資料

我，精靈王，缺錢！/ 醉琉璃 著.
——初版. ——台北市：魔豆文化出版：蓋亞文化發行，2020.02
冊；公分.（Fresh；FS176）
ISBN 978-986-98651-0-4（第2冊：平裝）
863.57 108022384

02

作　　者　醉琉璃
插　　畫　夜風
封面設計　莊謹銘
主　　編　黃致雲
總 編 輯　沈育如
發 行 人　陳常智
出 版 社　魔豆文化有限公司
發　　行　蓋亞文化有限公司
地址：台北市103承德路二段75巷35號1樓
電話：02-2558-5438　　傳真：02-2558-5439
電子信箱：gaea@gaeabooks.com.tw
投稿信箱：editor@gaeabooks.com.tw
郵撥帳號 19769541　戶名：蓋亞文化有限公司
法律顧問　宇達經貿法律事務所
總 經 銷　聯合發行股份有限公司
地址：新北市新店區寶橋路二三五巷六弄六號二樓
電話：02-2917-8022　　傳真：02-2915-6275
港澳地區　一代匯集
地址：九龍旺角塘尾道64號龍駒企業大廈10樓B&D室
電話：+852-2783-8102　　傳真：+852-2396-0050
初版一刷　2020年 2月
定　　價　新台幣 240 元
Published and printed in Taiwan

ISBN 978-986-98651-0-4

魔豆

魔豆